S0-BLL-804

CETTE OMBRE FAMILIERE

DARK COMPANION

Editions bilingues
Français–Anglais
Anglais–Français

Bilingual Editions
French–English
English–French

ELISABETH MANUEL

CETTE OMBRE FAMILIERE

DARK COMPANION

English translation by
JUDITH SUTHER

Editions de l'Etoile   **Starbooks**
Paris   Charlotte

© Editions de l'Etoile / Starbooks 1995

Editions de l'Etoile, 17 avenue Clodoald, 92210 Saint-Cloud
FRANCE

Starbooks, 1030 Coddington Place, Charlotte, NC 28211
USA

acid free paper

ISBN 0-9645677-0-9

CETTE OMBRE FAMILIERE

DARK COMPANION

Dark Companion

Familiar Dream

Death, dear Death,
With a swift and nimble step
You climb the path I drew
Time and again as a child,
The path winding up Golgotha,
Intricate, inexorable.

Sky suffuses my dream,
Sun has scoured the mountain.
From the summit where I stand
Motionless, watching your ascent,
I see nothing of you,
Dear Death,
Nothing of you.

Cette ombre familière

Vieux Rêve

Mort, ô ma Mort
Tes pas rapides et légers
Te portent
Sur le sentier du Golgotha
Sinueux, compliqué, inexorable,
Tant de fois dessiné dans mon enfance.
Mon rêve est plein de ciel,
La montagne est déserte,
Brûlée par le soleil.
Du sommet où je me tiens immobile,
Je te regarde approcher
Mais ne vois rien de toi,
Ma Mort,
Rien de toi.

Dark Companion

I strain for a glimpse of the face
Veiled behind floating drapery.
Will it part?
No, I see nothing of you.
Joyous, you move up, up
On a carpet of giant buttercups flowing
Toward me
Like shimmering lava.
A threat or a promise . . .

As I watch,
The nearest blossom opens its mammoth petals
Like a book,
A book without words where I read :
"Hurry, say and do everything
You have not said or done,
Before Death gets here."

Cette ombre familière

Tu es voilée
Et j'espère un instant découvrir ton visage
Sous l'étoffe flottante qui va peut–être s'écarter.
Mais rien, je ne vois rien de toi.
Tu montes, joyeuse, et sous tes pas
Surgissent des boutons d'or géants
Qui te précèdent comme un tapis d'honneur
De lave lumineuse,
Assaut tremblé qui se déploie vers moi,
Menace ou promesse...
La corolle énorme du dernier poussé
S'étale comme un livre à mes yeux,
Un livre sans mots où je lis :
"Dis vite et fais vite
Tout ce que tu n'as pas dit ni fait
Avant qu'Elle n'arrive".

I'm fifty years old.   The dates are there to convince me. November 2 in wartime, in Annecy where the Germans were marching in, November 2 in my warm house in Meudon where, thank God, the same faces are still there, along with others, of course, whom I have chosen, and my children, who have taken their places over time.

I'm fifty years old.   The fact doesn't really affect me because I'm still a willing captive of my childhood. Not a drop of the inexhaustible spring has gone dry.

On this summer day I'm beginning an inner journey, in tribute to those silent, fertile years that made me what I am. I'm fifty years old: to reflect on this strange turn of events, I have taken refuge in the library, the only room at Barbarande where I can settle in without fear of interruption. The heat is intense. Thick walls make the house a haven of relative coolness. The only reason to venture out before early evening would be to breathe in the scorching scent of freshly mown

Cette ombre familière

J'ai cinquante ans. Les dates sont là pour m'en persuader : 2 novembre d'un temps de guerre, à Annecy, où les Allemands entraient d'un pas ferme, 2 novembre dans ma chaude maison de Meudon où, Dieu soit loué, les mêmes visages sont encore là, et d'autres, bien sûr, choisis par moi, issus de moi, qui ont pris leur place au cours des ans.

J'ai cinquante ans : c'est une évidence qui ne m'atteint pas beaucoup, parce que cette enfance qui me tient, je suis loin d'en avoir fini avec elle : je continue de boire à sa source, rien ne s'épuise.

Je commence, en ce jour d'été, un voyage intérieur, hommage tendre à ces années muettes et fertiles qui m'ont sans hâte façonnée. J'ai cinquante ans ; pour méditer cette bizarre vérité, je me suis réfugiée dans la bibliothèque, seul endroit de Barbarande où je puisse vivre sans la crainte d'être dérangée. La canicule est extrême. Les murs épais font de la maison un havre de fraîcheur relative ; il n'est pas question de mettre le nez dehors avant une heure tardive de l'après-midi, à moins d'avoir envie de se laisser envahir un instant par l'odeur brûlante des foins coupés.

hay. Motionless whorls hang in the air. The world languishes. Philo the dog has spread out his splendid coat on the tile floor of the entryway, trying to get cool. The lines of *Antigone* echo in the stairwell; a play will soon be put on for Madeleine's birthday. In her room, with the shutters closed against the heat, my mother pretends not to notice these preludes to a celebration in her honor. The house is full of sounds. Some of the children are tearing around and others entertaining themselves quietly. Some are restless, some content. Some hold back, others careen headlong into every new moment. From this remote north room I sense the hidden impulses stirring in the very core of each one, like blood beating at the temples, throbbing, then subsiding.

The library gives off a scent of cherished books, much read, much used. There are dead flies on the windowsill and cobwebs here and there. I can't bring myself to remove them, and besides, they don't bother me that much. The library has become my fortress. On the table facing north are blank paper, my typewriter, a package of envelopes, a blue box of Chagall note cards, and a

Cette ombre familière

L'air est gorgé de volutes immobiles. Le monde s'alanguit. Le chien Philo étale sa belle fourrure sur le carrelage du hall pour y trouver quelque répit. Les tirades d'Antigone résonnent dans les escaliers : on jouera bientôt en l'honneur de Madeleine une pièce de théâtre. Ma mère, retirée dans la pénombre de sa chambre, feint d'ignorer ces préludes à une fête dont elle sera la reine. La maison est pleine de rumeurs. Il y a des enfants qui tourbillonnent du matin au soir, et d'autres qui se taisent. Des esprits inquiets. Des coeurs joyeux. Des corps souffrants et d'autres qui jubilent. Je perçois, de cette pièce orientée vers le nord, le bruit sourd, intermittent, comme un battement de sang aux tempes, de ce qui naît, s'épanouit, puis s'endort dans l'âme de chacun.

Il règne dans la bibliothèque un parfum de livres aimés, très lus, très abîmés ; sur le rebord de la fenêtre, des mouches mortes, et des toiles d'araignée ici et là : je n'ai pas encore eu le courage de les enlever, et d'ailleurs cela ne me gêne pas tellement. La bibliothèque est devenue mon fief. Sur la table, il y a du papier blanc, ma machine à écrire, des enveloppes, une boîte en carton bleu Chagall, et une autre, noire et

13

black metal writing kit. On the floor is a gray cardboard case full of letters, pictures, poems, and tapes. This case is my most precious possession. For the moment it's closed. I draw my strength from it every day. It lights my way on the uncertain journey I'm beginning.

In another small case, a brown one, I keep a collection of my old journals, some of them recent and others from years ago, that I've never reread.

Here in the library at Barbarande I'll lay the foundation stones of a riotous construction all my own. Whoever comes into this room will surely find it harmless. Yet I know it has turned into shifting sand. Inaudible whispers swirl in the cool stillness of the room.

métallique, pleines, toutes deux, de choses qui servent à écrire. Par terre, une valise grise de carton bouilli où sont rangés des lettres, des photos, des poèmes et des cassettes. Cette valise est ce que j'ai de plus précieux. Elle est là, fermée. J'y puise chaque jour ma force, ce qu'elle contient est pour moi une lumière dans ce voyage encore obscur que j'entreprends.

Tout à côté repose une deuxième petite valise, marron celle-ci, qui contient un certain nombre de mes vieux journaux, ceux des dernières années, et aussi quelques-uns très anciens que je n'ai jamais relus.

C'est là, dans cette bibliothèque, que j'ai décidé de poser les pierres de fondation d'un édifice bariolé, le mien. Quiconque entre dans cette pièce ne peut que lui trouver un aspect anodin. Moi, je sais quel terrain mouvant elle est devenue. La bibliothèque de Barbarande, fraîche et sombre, est à présent d'une transparence opaque.

Dark Companion

The stairway to my bedroom is steep. It is wooden and very old. Yet none of the steps creak, and the night is absolutely still when I go up to bed and close the door on my small domain with the slanted roof. I never tire of the vast lunar landscape beyond my open window. Spots of dark relief stand out on the wooded hills. Mist rises and soon obscures the view of the Renaissance castle facing me on the cliff across the valley.

The earth disappears into a hazy, milky sea. The house becomes an island where I am shipwrecked, with nowhere to turn but the sky. I feel close to every star. All the smells of childhood rush to my head; I wait. I contemplate and I wait.

I wait for the muffled sound of steps coming up from the room below. Elie's room. I hear the sound of walking. Of a chair being pushed aside. Then a sigh, almost a groan. Once, twice. Then again. I listen for the beating of a heart a few steps away from me, for the secret life that does not include me--suffering unspoken, turbulence blocked in. Once again, unbeknown to

Cette ombre familière

L'escalier est raide jusqu'à ma chambre. Il est en bois, et très ancien. Cependant aucune marche ne craque, et c'est dans le silence absolu de la nuit que je monte me coucher. Je referme la porte sur le petit domaine mansardé qui est mien et que je goûte, fenêtre ouverte sur cet immense paysage lunaire dont je ne me lasse pas. Les collines boisées ont de sombres reliefs ; la brume monte de la vallée et dérobe bientôt à ma vue le château Renaissance qui me fait face là-bas sur sa falaise.

La terre disparaît, c'est une mer de lait, incertaine, idéale, qui s'installe et fait de ma maison une île, de moi un naufragé qui n'a d'autre recours que de se tourner vers le ciel. Je me sens proche de chaque étoile, tous les parfums d'enfance me montent à la tête ; j'attends. Je contemple et j'attends.

J'attends le bruit de pas étouffé qui montera de la chambre au-dessous de la mienne. Celle d'Elie. On marche. Une chaise est écartée. Un soupir, presque un gémissement, me parvient. Une fois, deux fois. Davantage. J'écoute ce coeur qui bat non loin de moi, vie secrète dont je suis exclue, souffrances tues, tumultes emmurés. Une fois de

17

Elie, I get ready to share blindly in his nocturnal life.

I listen. I know he has sat down at his table where stacks of papers covered with his minute handwriting have accumulated, held together in impeccable order by different colored paper clips. The illegible handwriting is an open book to me. On the floor beside him is a suitcase. It has always been there, stowed under the bookshelf by the window. It is his secretary, his library of the moment, his grab bag. In it are stale chocolates, records on hopeless welfare cases, and strange games for children at loose ends. It is the suitcase of the pilgrim always ready for departure, but who never leaves.

On the table, beside the slips of paper that jog his memory, are pencil holders (felt tip markers, pens, and pencils are always in working order), a fossilized shellfish, an agate, a mariner's compass, and a broken plate ready to be glued back together with his unfailing meticulousness.

Two steps away is a bed with more than one use. St. Paul always seems to be there next to the *Review of Palestinian Studies, The Permission*

plus, à l'insu d'Elie, je me prépare à partager en aveugle sa vie nocturne.

J'écoute. Je sais qu'il s'est assis à sa table où s'accumulent, dans un ordre impeccable, retenus par des trombones de couleurs différentes, des papiers sans nombre, couverts de sa minuscule écriture – illisible, mais que je lis à livre ouvert. Près de lui, par terre, une valise. Elle a toujours été là, cette valise, rangée sous l'étagère de la fenêtre ; elle est son secrétaire, sa bibliothèque du moment, son économat, elle contient des dossiers concernant des cas sociaux insolubles, des chocolats souvent périmés, des jeux bizarres pour éventuel enfant désoeuvré. C'est la valise du pèlerin, toujours prêt à partir, loin, et qui reste.

Sur la table, à côté des petits papiers qui sont sa mémoire, il y a des pots à crayons – les feutres, les stylos, les crayons sont toujours en état de marche – un coquillage fossile, une agate, une toupie de marin, un gyroscope, une assiette cassée qui attend d'être recollée avec un soin infini, comme toutes ses soeurs par le passé.

A deux pas de là, un lit dont la fonction n'est pas nette : on y voit en permanence Saint Paul voisiner avec la *Revue d'Etudes Palestiniennes*,

of Evil or some other title by Maritain, Lewis Carroll, and Chuang–Tzu translated by Thomas Merton. Western Europe and Eastern Europe, Israel and the Middle East lie side by side. Or Stephen Hawkins and Carl Sagan; the mysteries of the universe find their way into this room with the slightly musty smell. *The Satin Slipper* appears on the yellow bedspread, only to disappear for a time – – then suddenly it's back, irresistible as a fresh–water spring.

When I go into Elie's room for a few minutes, I sit down on the edge of the bed, after carefully pushing the occupants aside, and we stay there for two hours. I take in what he says, I watch him intently, I memorize him; yet something always escapes me. Someday I'll make myself remember. I'm already trying to soften the blow of despair I know will come.

From my attic high above, in the stillness of the night, I listen for the pacing and the sighs that accompany my father on his vast journey around his room.

Cette ombre familière

La Permission du Mal ou autre Maritain, Lewis Carroll, Chuang-Tzu traduit par Thomas Merton. Sur ce lit reposent l'Europe, les pays de l'Est, Israël et les pays arabes. On y rencontre Stephen Hawkins et Carl Sagan, car les mystères de l'univers ont leur place dans cette chambre qui sent un peu le renfermé. *Le Soulier de Satin* apparaît à intervalles réguliers sur le dessus-de-lit jaune, s'éclipsant pour un temps, puis soudain là, comme un point d'eau vital dont on ne saurait s'éloigner.

Quand j'entre chez Elie pour trois minutes, je repousse délicatement les occupants du lit, m'assieds tout au bord, et nous restons deux heures ainsi : je l'écoute, je le regarde intensément, je l'apprends ; il y a toujours quelque chose qui m'échappe. Un jour je m'efforcerai de me souvenir. Je devance mon désespoir, tente de l'atténuer dès maintenant.

De mon grenier là-haut, dans le silence de la nuit, je guette les pas et les soupirs qui accompagnent mon père dans son immense voyage autour de sa chambre.

Dark Companion

The Attic Desk I have an old schoolroom desk in my attic, a vestige of an era I never knew. The desk is an incongruous blue. It is my listening post, by the window, where I can look up into the sky. On the floor below, in Elie's room, the intricate household takes root. There, the life of Barbarande is painstakingly recorded in spiral notebooks: the careful planting of a rosebush, the eccentricities of a water conveyance, the history of diplomatic relations with a local carpenter, a visit from old friends, a conversation in the shade of the linden trees.

Elie is my father. I don't actually see him as a father or even a man. To me he is a sentry watching over me sternly and lovingly. He encourages me with a faint smile, his own pain held in check. I know he is acutely conscious of our implication in eternity. Yet vaguely, I also know that Elie is not so clear to himself, and that he can suffer.

I don't like to remember the day, years ago in Paris, when our ancient hydraulic elevator came slowly down its greased cylinder and jammed his

Cette ombre familière

Le bureau du grenier J'ai dans ce grenier un pupitre d'écolier, vestige de temps anciens que je n'ai pas connus. Il est d'un bleu inattendu. Placé devant la fenêtre, il donne sur le ciel. C'est mon poste d'écoute. A l'étage inférieur, dans la chambre d'Elie, la complexe maisonnée pousse ses racines. Là, tout ce qui fait la vie de Barbarande est minutieusement consigné dans des cahiers à spirales : l'amoureuse plantation d'un rosier, les caprices d'une adduction d'eau, les relations parfois délicates avec le menuisier, la venue d'amis chers, une conversation sous les tilleuls.

Elie est mon père ; à vrai dire, je ne vois en lui ni le père ni l'homme, mais plutôt le veilleur dont la compassion sévère m'enveloppe et m'aide à vivre, avec un léger sourire, une douleur contenue, un sens aigu de notre imbrication dans l'éternité. Mais vaguement je sais qu'Elie n'est pas si clair à lui-même, ni si fort, et qu'il peut souffrir.

Je n'aime pas me rappeler la lente descente, sur son cylindre luisant, de notre ascenseur hydraulique, à Paris, il y a bien des années. Cette

head. He had leaned over the wrought iron grill, as he had repeatedly warned us against doing. Unable to call for help, he was found with his back hunched and his jaws clamped shut under the weight of the shiny wooden elevator which, at the last minute, had stopped. He was taken to the hospital in an uproar of onlookers and policemen.

I wasn't allowed to go see him. Alone in my room at home, my imagination went wild reliving Elie's pain, his neck crushed, his breath cut off, and darkness descending on him. Near evening, my brother came back with a reassuring report from the hospital. Elie was lying in bed, bruised and swollen, pencil in hand, meticulously annotating a book by a friend of his, on Hegel's notion of God. In an instant my buoyancy was restored--my father's powers had remained intact.

Elie's physical suffering is unbearable to me, but his mental suffering is agony. I think of an

antiquité de bois ciré vint doucement lui bloquer la tête contre la grille de fer forgé qui n'était guère haute et par–dessus laquelle il s'était un instant penché, commettant ainsi une imprudence dont il nous avait toujours dissuadés par de sévères mises en garde. On l'a découvert, le dos courbé, incapable de crier, les mâchoires serrées par le poids de l'ascenseur qui, au dernier moment, s'était arrêté. On l'a emmené à l'hôpital, au milieu d'un grand concours de badauds, de policiers et de commentaires inutiles.

On ne m'a pas laissé aller auprès de lui. Seule dans ma chambre, j'ai revécu son calvaire avec une imagination exacerbée qui ne me permettait que trop bien de me représenter une nuque écrasée, une respiration coupée, une obscurité grandissante. En fin de journée, mon frère est venu me rassurer : il avait vu Elie, douloureux sur son lit d'hôpital, un crayon à la main, annotant avec beaucoup de soin les commentaires d'un philosophe ami sur le Dieu de Hegel. D'un coup, j'ai retrouvé ma légèreté : mon père avait gardé tous ses pouvoirs.

Si la souffrance physique d'Elie m'est intolérable, sa souffrance morale m'est une

autumn evening, years later, when I can't bring myself to leave the overheated bathroom. That in itself isn't unusual, but Madeleine is going to be operated on the next day. Do I realize how serious it is? That a poisonous growth is spreading in her head, that it may be . . . Vague thoughts float in my mind as I look in the steamed–up mirror. Suddenly, I hear someone outside the door: "Bab, I'm scared!" It's Elie. His voice is hollow, scarcely recognizable. I rush to open the door and there he is, in the faint glow of the mahogany cupboards lining the dark hallway. He repeats: "I'm scared," and reaches out his arms to me. No, I'm the one who reaches out to him, I'm still standing in my ignorance, while he staggers under the weight of what he knows. I hold him close, my head on his shoulder, his face in my hair. The enormity of what is happening to us finally hits me.

Hands   This isn't the first time fear has held me in its grip. Very early I sensed the inexorable nature of things.

agonie. Ainsi, en ce soir d'automne, bien des années plus tard, je m'attarde, comme à mon habitude, dans la salle de bains surchauffée. Madeleine va être opérée demain. Ai-je réalisé que c'est grave ? Qu'un champignon vénéneux a pris possession de sa pauvre tête, que peut-être, peut-être... J'ai des pensées vagues devant le miroir embué. Soudain, un cri derrière la porte : "Bab, j'ai peur !" C'est la voix d'Elie, une voix sourde que je reconnais à peine. J'ouvre brusquement, il est là, dans le couloir obscur, où les placards d'acajou luisent doucement. Il répète: "J'ai peur", et me prend dans ses bras. Non, c'est moi qui le prends, je suis encore debout dans mon ignorance, tandis que lui, il chancelle sous le poids de ce qu'il sait. Je le reçois, et découvre, ma tête sur son épaule, son visage dans mes cheveux, l'immensité de ce qui nous arrive.

Les mains   Ce n'est pas la première fois que je me trouve ainsi au centre de la peur : le côté inexorable des choses m'est depuis longtemps familier.

27

It was in a cathedral, or maybe the chapel in a castle--at any rate, a royal place--that I took my mother's hand in mine.

A Magnificat was being performed--or it may have been a Requiem. My mind would not be still, nor my imagination. There were rustlings of wings, battles of angels and demons, and sudden deathly crescendoes.

Caught up in the music, the child plays with her mother's fingers, lacing them into her own. She examines them one by one and lays them out carefully on the thick fabric of her little coat. She brushes her fingertips over each one. Once this blessing is bestowed, she opens her own hand into a star and leans down to compare the texture of her skin with her mother's. Hers is smooth; her mother's is faintly lined and spotted. The terror of things slowly dying dawns on her.

The music has become a violent tide hammering her heart. Her throat tightens. Suddenly she buries her face in her mother's soft warmth and breathes in the familiar scent that never fails her, but that one day will be gone. This future absence gnaws at her already.

Cette ombre familière

Ce fut dans une cathédrale – ou peut-être était-ce une chapelle de château – en tout cas un lieu royal – que je pris la main de ma mère dans la mienne.

On jouait un Magnificat – ou peut-être était-ce un Requiem. L'esprit ne pouvait rester en repos, ni l'imagination. Il y avait des bruissements d'ailes, des combats d'anges et de démons, des violences soudaines pouvant entraîner la mort.

L'enfant qui rêve au sein de la musique joue avec les doigts de sa mère qu'elle entremêle aux siens. Elle les étire un à un, les étalant soigneusement sur l'étoffe rude de son petit manteau, avec une caresse pour chacun. Une fois donnée cette bénédiction, elle ouvre en étoile sa propre main, penche la tête et compare le grain des peaux, lisse pour celle-ci, légèrement sillonné, tacheté, pour celle-là.

Lentement pénètre en elle la terreur de ce qui passe et meurt.

La musique n'est plus qu'une vague brutale qui martèle son coeur. Elle en perd le souffle et se blottit brusquement contre la douce chaleur, le parfum familier qui l'accueille, mais qui un jour ne sera plus. Cette absence future la dévore déjà.

The child holds her body stiff against the straight chairback. She does not know that for a split second she has given in to despair.

The Dream of God   I think I once dreamed about God. I woke in a state of intense happiness that would not go away. Joy burst through me, my soul unfurled, a spiritual aurora borealis swept by. I lay perfectly still, with my eyes closed, delaying as long as I could the moment I'd have to get up. But the house was beginning to stir, and I got out of bed cautiously, in slow motion, intent on preserving every detail of this intangible vision. Some force beyond myself impelled me to sit down at my desk and write out a resolution to lead a devout life. I wrote fiery words that had to remain secret, so I decided to hide the piece of paper where it could not be found. From a shelf I took down a rag doll I had never played with, but had kept for the rare sweetness and delicate features of her face.

Cette ombre familière

Raide sur sa chaise d'église, elle ne sait pas qu'elle s'abandonne un instant au désespoir.

Rêve de Dieu Je pense avoir un jour rêvé de Dieu. Le sentiment de félicité qui m'avait envahie au réveil ne voulait pas se dissiper. J'étais secouée par des explosions de joie pure, des déploiements d'âme, aurores boréales spirituelles que je goûtais les yeux fermés, immobile, remettant sans cesse à la minute suivante le moment de me lever. Mais la vie quotidienne s'éveillant dans la maison, je sortis de mon lit avec des gestes prudents, au ralenti, pour ne rien bouleverser de cette vision sans image. Avant toute chose, je m'installai à mon bureau et inscrivis soigneusement sur un bout de papier la résolution de sainteté qui, nécessairement, avait surgi en moi. J'écrivis des mots de feu, et comme cela devait rester secret, je décidai de cacher le papier en un lieu inviolable. J'allai prendre sur un coin d'étagère une poupée de chiffon avec laquelle je n'avais jamais joué, mais qui avait trouvé grâce à mes yeux à cause des traits exceptionnellement doux et fins de son visage.

With a pair of scissors I cut a slit where the heart would be, put the tiny folded paper inside, and sewed the hole up with a few stitches of red thread.

The doll went back to her place on the shelf, with a heart and a scar. She has long since disappeared, lost in a move. She is gone and I have been unfaithful many times to the resolution I wrote in a childish hand, in thrall to an otherworldly joy—yet even now, a faint, fleeting taste of the sacred keeps coming back to me from that childhood morning.

The Years Are Long

The years are long. Childhood goes on and on, its myriad torments soothed by Madeleine's zeal for life, by Elie's mysteriousness, which frightens and fascinates me, hovering around me, hinting of another life, another world, a God perhaps. Mornings are hard to face, as I emerge from a deep sleep that I try to prolong because it means escape, refuge. In the warmth of the bed, with the blinds still closed, a familiar

Cette ombre familière

Avec des ciseaux, je pratiquai une fente au niveau du coeur, y glissai le papier étroitement plié, puis refermai tant bien que mal le trou ainsi fait par quelques points de fil rouge.

La poupée reprit sa place sur l'étagère, pourvue d'un coeur et d'une cicatrice. Elle a disparu depuis longtemps, perdue dans quelque déménagement. Elle n'est plus là ; et moi, infidèle tant de fois à ces résolutions écrites d'une main enfantine sous le coup d'une joie qui n'était pas de ce monde, je sens encore, par bouffées faibles mais tenaces, le goût divin de ce matin d'enfance.

Les années sont longues Les années sont longues, l'enfance s'étire, calmée dans ses angoisses multiples par l'ardeur à vivre de Madeleine, le mystère d'Elie que je redoute et qui me fascine, m'enveloppe, me fait pressentir une autre vie, un autre monde, un Dieu peut-être. Les matins sont difficiles à aborder, au sortir de ce sommeil profond que je cherche à prolonger parce qu'il est évasion, refuge. Dans la douceur du lit, toutes persiennes fermées, je prends conscience d'une odeur

smell greets me before I even open my eyes: the smell of a radiator at full force. The residents of this comfortable building are all elderly and coddled. They instruct the concierge to turn the heat as high as it will go the moment fall sets in, and leave it there until spring shades into summer. This smell has become a lulling presence around me, a slightly debilitating cocoon I've come to depend on. I'm stifled, but I feel safe.

Then the little daily sounds begin, a sequence in a minor key, at an unvarying tempo: the groan of blinds being raised, the dull knock of the heating pipe that runs along the walls, the creak of the big white wardrobe being opened, then closed, the catch of a stubborn drawer. In the background, the silence of the apartment where my father has been up since 6, moving around noiselessly. I wouldn't dare disturb this familiar, protective wall of silence erected by Elie around the queen's room. The queen who sleeps in the morning, whose sleep must not be disrupted, who has spread a blanket of torpor over the early morning

familière avant même d'ouvrir les yeux, une odeur de radiateur chauffé à bloc – les habitants de cet immeuble cossu, tous gâtés, tous vieux, exigent du concierge qu'il pousse la chaudière au maximum dès les premiers jours d'automne, et jusqu'à ce que le printemps soit indéniablement proche de l'été. Cette odeur m'environne tendrement, c'est un cocon qui m'écoeure un peu, mais dont je ne puis me passer : j'étouffe, mais je me sens protégée.

Puis se succèdent les bruits quotidiens, petite suite en mineur dont le tempo ne varie pas : le gémissement des persiennes que l'on ouvre, les tapements sourds du tuyau de chauffage qui court le long des murs, le grincement de l'armoire à glace énorme et blanche, ouverte puis refermée, le frottement d'un tiroir rétif. En toile de fond, le silence de l'appartement où mon père se déplace dès six heures à pas feutrés. Je le connais, ce silence, et n'oserais le troubler : c'est une muraille protectrice élevée par Elie autour de la chambre de la reine, celle qui dort le matin, celle dont le sommeil est nécessaire, sacré, celle qui impose aux petites heures de l'aube une torpeur ouatée à

hours. We all tiptoe around complicitly, as Elie has taught us to do.

Breakfast has been prepared by my father. This is exactly the problem for me, a child who rarely speaks. He doesn't know that the thin, unspreadable slivers of frozen butter he has daubed on hunks of bread are excruciating to me, and the wrinkled skin on my bowl of hot chocolate repulsive. I don't dare say so, because my father is reading Aquinas while he eats.

The road to school seems interminable. The boulevard is boring, elegant, always deserted. There are no shops. Elie walks all the way to school with me and then back to meet the chauffeur waiting for him at the corner of our street. His work provides this service. Very rarely do I get to enjoy the tan leather cushions of the Citroën that picks him up every day.

To encourage me to keep walking, he has devised the "story bag." He takes me by the hand. A little out of breath, I pace myself by him and am swept along by the splendid poetry of his imagination that makes the road seem shorter and

laquelle nous nous soumettons tous avec bonne
volonté : Elie nous l'a ainsi appris.

Le petit déjeuner a été préparé par mon père,
c'est bien là le drame pour l'enfant muette que je
suis : il ne sait pas l'épreuve que représentent pour
moi les minces lamelles de beurre glacé posées à
la hâte, inétalables, sur des tartines de pain trop
épaisses, ni combien m'est insupportable la peau
du lait qui se plisse dans mon bol. Je n'ose pas le
dire, parce que mon père lit Saint Thomas
d'Aquin en mangeant.

Le chemin de l'école me semble sans fin. Le
boulevard est ennuyeux, élégant, sans boutique,
toujours désert. Elie me conduit à pied vers cette
lointaine école et reviendra ensuite vers son
chauffeur – fonction oblige – qui l'attend au coin
de notre rue : il est très exceptionnel que je puisse
jouir des coussins de cuir ocre de la Citroën qui,
chaque jour, vient le chercher.

Pour m'encourager à marcher, il a inventé le
"sac à histoires". Il me prend la main, je règle
mon pas sur le sien en haletant un peu, et j'écoute
ce déploiement de poésie et ces fastes
d'imagination qui rendent le chemin plus court et

the prospect of a morning at school less oppressive.

The Director of the school, Madame Parisot, teaches my class. She has reddish highlights in her hair and surely wears a corset. Her back is arched and her bust shapeless and imposing beneath black lace; her rear protrudes, rotund and symmetrical below the tightly laced waist.

Madame Parisot presides over about twenty children sitting around a long table of dark wood. She addresses them sternly: "Mon petit La Rochefoucauld, don't sit so close to Monsieur Cohen." "Mademoiselle Augustin–Normand, you're not listening today." Pens scratch, undisciplined ink smudges the pages of writing. Anxious mothers sit along the walls and whisper the right answers to their mortified offspring. The Director reprimands them wearily: "Madame de Rohan–Chabot, no prompting, please." I'm thankful my mother is not there. Time crawls by. I don't dare even look up at the windows to see a

la perspective d'une matinée d'école moins oppressante.

La Directrice du Cours, Madame Parisot, fait la classe. Elle a des reflets roussâtres dans ses cheveux, et porte sans doute un corset tant elle est cambrée. Sa poitrine est une chose informe et imposante sous la dentelle noire, sa croupe une rotondité symétrique une fois franchi le resserrement de la taille.

Madame Parisot règne sur une vingtaine d'enfants assis autour d'une longue table de bois noir. Elle les interpelle avec une précaution sévère: "Mon petit La Rochefoucauld, écartez-vous un peu de Monsieur Cohen". "Mademoiselle Augustin-Normand, vous n'écoutez pas aujourd'hui". Les plumes crissent, l'encre indisciplinée éclabousse les pages d'écriture. Les mères inquiètes sont assises le long des murs; elles soufflent les bonnes réponses à leurs rejetons qui n'en demandent pas tant. La Directrice les morigène, résignée : "Madame de Rohan-Chabot, ne soufflez pas, je vous prie". Ma mère n'est pas parmi elles, et je préfère cela. Le temps s'est presque arrêté, je ne lève même pas les yeux vers les fenêtres pour voir un bout de

patch of sky. What can I do to escape? I withdraw into a dream. "Ma petite Manuel, where are you? Not here, obviously." I don't know where I am; I curl up inside myself.

Afternoons at home are quiet. I play at my own pace. I have no friends. In our living room with the water–green walls, I spend hours absorbed in a big book of Botticelli paintings, lying on my stomach on the carpet. I like the Derelicta as much as the Three Graces. Sometimes I make things at the dining room table. The material varies from one day to the next. It might be cardboard, cloth, construction paper, wooden sticks, chestnuts, matches. I feel the kindly eye of Jayavarman VII, King of Angkor, on the wall opposite me. Even though his gaze is turned inward, I can imagine what he sees, and I have no trouble contemplating it along with him. I watch him and sometimes manage to slip under his eyelids, into his field of beatitude. I don't play with dolls, but I love to cut out the little cardboard figurines that have been bought for me at the flea market. I dress them, I arrange them in their chairs, I make up an ideal life for them.

ciel. Que faire pour me sauver ? Je m'enferme dans mon rêve. "Ma petite Manuel, où êtes-vous? En tous cas, pas avec nous !" Je ne saurais dire où je suis. Je me recroqueville.

A la maison, les après-midi sont calmes. Je joue sans hâte et je n'ai pas d'amies. Je passe des heures entières, dans le salon aux murs vert d'eau, à regarder un grand livre sur Botticelli, étendue à plat ventre sur le tapis : j'aime la Derelicta autant que les Trois Grâces. Ou bien je fabrique des choses, installée à la table de la salle à manger. Le matériau diffère selon les jours : ce peut être du carton, du tissu, des papiers de couleur, des bouts de bois, des marrons, des allumettes. Je sens le regard serein de Jayavarman VII, Roi d'Angkor, suspendu au mur en face de moi. Il ferme les yeux sur une vision intérieure qui, cependant, me concerne, que je suis bien capable de contempler, moi aussi. Je le regarde et j'en viens à me glisser sous ses paupières, dans son champ de béatitude. Je ne joue pas à la poupée. Mais je découpe sans me lasser des petites figurines en carton souple qu'on a achetées pour moi à la Foire aux Puces, je les habille, je les installe dans leurs meubles, je leur organise une vie idéale.

Often my mother is there. She buoys me up, brightens my drab moods, dispells my feelings of sadness, relieves my secret melancholy. I can't conceive of life without her. Yet sometimes I imagine myself an orphan. Tears well up in my eyes and oh, sweet rapture, I take hold of her hand so she'll lean down and kiss me, her face beautiful, comforting, real.

My older brother does his homework. The aging and ruined aristocrat who cares for us when Madeleine goes out is named Madame de la Marche. In no uncertain terms, she regales us with the glories of the Monarchy. She has no trouble convincing me--I love kings, queens, shepherd girls and princes. I live on fairy tales. She often scolds my brother, who is not so amenable, and makes him stay in his room, which is next to mine. Surreptitiously, I slip notes under the door to keep his spirits up until our parents come home.

Evening comes. Six o'clock, time for my piano lesson. I have to go downstairs to my grandmother's on the fourth floor. The staircase that takes me to her door makes wide sweeps.

Cette ombre familière

Souvent ma mère est là qui m'insuffle sa vie, colore mes mornes paysages, dissipe mes tristesses, met un nom sur mes mélancolies secrètes. Je ne puis imaginer la vie sans elle. Il m'arrive cependant de me figurer orpheline, les larmes me viennent alors aux yeux et je m'offre cette douce jouissance d'aller mettre soudain ma main dans la sienne, savourant la réalité du beau visage qui se penche vers moi et m'embrasse.

Mon frère aîné fait ses devoirs. La vieille aristocrate ruinée qui nous garde en l'absence de Madeleine s'appelle Madame de la Marche et nous fait régulièrement, d'une voix de tête, l'éloge de la Monarchie. Elle a en moi un public tout acquis à sa cause : j'aime les rois, les reines, les bergères et les princes, je me nourris de contes de fées. Elle gronde souvent mon frère qui se rebelle, et l'enferme dans une chambre contiguë à la mienne. Sans rien dire, je glisse à mon aîné des petits papiers sous la porte pour l'encourager à vivre jusqu'au retour de nos parents.

Le soir tombe. Six heures : c'est l'heure immuable du piano. Je dois descendre chez ma grand-mère au troisième étage. L'escalier a de larges envolées, qui me conduit jusqu'à sa porte,

43

The carpet is thick and red, the handrail ornate. The servant is an old woman for whom we have the utmost regard but whom tradition relegates to the kitchen. She opens the door for me and smiles affectionately.   My grandmother lays aside her knitting, turns off the radio, kisses me, and we both sit down at the grand piano in the living room.   She takes off her sapphire ring and absentmindedly puts it at the left end of the keyboard. My chairback is shaped like a lyre. On the mantle, in the dim light, is the bust of a woman with her pretty marble breasts partly uncovered, a slight smile on her lips and pearls in her hair, which she wears up.

In a painting on glass, Abraham is about to kill his son Isaac. His robe is dark red, almost black; Isaac's exposed throat is an eerie white. Fortunately, the angel is there to restrain the Patriarch's hand, with a dramatic and airy gesture. Just in time. Not far from me are two small tableaux in relief. In each of them, a grimacing wax head stands out against a dark background: one is Sorrow and the other Suffering.   I've already spent hours on end wondering what

un tapis de velours rouge, une rampe aux dessins compliqués. La servante, vieille femme que l'on respecte infiniment mais que l'on maintient par tradition dans sa cuisine, reléguée, vient m'ouvrir, souriante, indulgente. Ma grand-mère abandonne son éternel tricot, coupe la radio, m'embrasse, et nous nous installons toutes les deux devant le grand piano du salon. Elle enlève sa bague de saphirs qu'elle pose un peu négligemment dans le coin gauche du clavier. Ma chaise a un dossier en forme de lyre. Dans la pénombre, sur la cheminée, un buste de femme, ses jolis seins de marbre à demi dévoilés, un léger sourire aux lèvres, des perles dans ses cheveux relevés.

Abraham, dans une peinture sur verre, s'apprête à tuer son fils Isaac : sa robe est rouge sombre, presque noire, la gorge renversée d'Isaac est d'une blancheur attirante. Heureusement, l'ange est là qui, d'un grand geste plein de vent, retient le bras du Patriarche. Juste à temps.

Non loin de moi, deux petits tableaux en relief. Dans chacun d'eux émerge d'un fond obscur une tête grimaçante, en cire : l'une est "la Douleur" et l'autre "la Souffrance". J'ai déjà passé pas mal de temps à me demander ce qui distingue la

distinguishes suffering from sorrow. Sometimes I think I've found the answer, but I can't put it into words, it's just a flash of intuition. The next day I'll come back to these whitish, frightening figures behind glass and try to recapture the sense of mute clarity from the day before.

The piano lesson lasts an hour. The minutes drag by. I rush grudgingly through the boring part, the scales and exercises. I'm not really there, but when we come to a Mozart sonata or a Bach prelude, I revive. I love the sheets of music almost physically. The grain of the old paper pleases me, the way the notes are printed thrills me already. I know the beauty contained in them and I want to be the happy intermediary. My grandmother's admonitions don't really sink in: "Now remember, sweetheart, work on each measure, one at a time." "You must practice ve–ry slow–ly." "First, hands separate, then hands together." My grandmother is patient, but I barely listen to her. Yet I do practice, because in my

souffrance de la douleur. Quelquefois j'ai l'impression d'avoir trouvé, mais je n'ai pas de mots pour le dire, c'est juste une clarté qui m'envahit. Le lendemain, je les regarderai à nouveau, ces figures blanchâtres et terrifiantes, derrière leur petite vitre, et je tenterai de retrouver le sentiment d'évidence muette de la veille.

La leçon de piano dure une heure ; les minutes passent lentement. J'exécute avec une rapide mauvaise volonté ce qui m'ennuie, gammes et exercices. J'en suis absente, et me ranime quand on en vient à cette sonate de Mozart, à ce prélude de Bach, dont j'aime presque physiquement les partitions ; le grain des vieilles pages me plaît, le dessin des notes m'exalte d'avance : je sais tout ce qu'il implique de beauté, et j'en serai l'intermédiaire bienheureuse. Peu m'importent alors les phrases rituelles de ma grand-mère: "Allons, ma chérie, il faut répéter mesure par mesure". "Tu dois travailler len-te-ment, mains séparées d'abord, puis mains ensemble". Elle est patiente, ma grand-mère, et je ne l'écoute guère. Cependant, je travaille, parce que j'entends en

head I hear flawless music that I am determined will flow out through my fingers.

The hour draws to a close. I can go now. I linger for a few minutes, picking up bibelots, opening drawers with their distinctive smell. I find tiny pencil stubs sharpened to a point that date to my grandfather's time, bridge scorepads with a few hands recorded, charmingly ornamented round boxes that might have contained anything--now they're empty and ready for pins, buttons, licorice drops, little knick-knacks. My grandmother gives me one of her light, papery kisses and lets me leave, a little sadly. She settles back into her solitude and waits for the next ring of the doorbell. At this hour of the day, it will probably be her son, her joy and sorrow. He is good to her and comes to see her every evening. But he converted to Catholicism, and this conversion is a sword embedded in his mother's heart.

When he arrives home at dinnertime, I know he has been by the fourth floor. His long stride heads straight for his study at the end of the hall. He needs to collect himself, he must be left alone.

moi une musique parfaite que je veux absolument faire naître de mes doigts.

L'heure tire à sa fin. Me voilà libérée. Je m'attarde un instant, tripotant des bibelots, ouvrant des tiroirs qui ont une odeur : j'y trouve de minuscules bouts de crayons taillés en pointe que mon grand–père affectionnait, des carnets de bridge à peine entamés, des boîtes rondes, ravissamment ornées, qui n'annoncent pas ce qu'elles ont contenu, elles sont vides et prêtes à accueillir épingles, boutons, réglisses, petits riens. Ma grand-mère me donne un de ses baisers secs et légers, et me laisse partir, non sans mélancolie : elle retourne à sa solitude et s'installe pour attendre le prochain coup de sonnette. Il est probable qu'à cette heure de la journée, elle verra arriver son fils – sa joie et sa douleur. Il est tendre avec elle et vient la voir tous les soirs. Mais il s'est converti au catholicisme, et cette conversion est un glaive qui, sans répit, blesse le coeur de sa mère.

Quand il arrive chez nous à l'heure du dîner, je sais qu'il est passé par le troisième étage. Il fuit à grands pas vers son bureau au fond du couloir : il a besoin de décanter, il faut le laisser seul.

Dark Companion

We will see him at the table. During the course of the meal, Madeleine will recount her day in great detail, telling us who she has seen, what she has figured out about so—and—so, what she got someone to reveal, how she interpreted someone else's silences, and how close she felt to yet another. She is all finesse, and we laugh admiringly; because of her I face each day a little more bravely.

After dinner, we "set up shop" in the living room, each of us busy in our corners, yet bound to one another by waves of love and tacit understanding that none of us could get along without; we spend these hours together in silence, and our secret gardens grow richer, evening after evening.

The Antique Map Monday is blood red, clotted with dark shadows. Tuesday is deep black. Wednesday is meadow green, slightly tart, and Thursday soft pink, like a rush of pleasure in a child's cheek. Friday is blue as night, hope stirs. Saturday is red and gold--restraints are lifted, all wonders possible.

Cette ombre familière

Nous le verrons à table. Au cours du repas, Madeleine exposera avec feu qui elle a vu dans la journée, ce qu'elle a deviné d'un tel, et ce qu'elle a fait dire à tel autre, ce qu'elle a cru comprendre des réticences de celui-ci, et les liens noués avec celui-là. Elle est toute finesse, et nous rions, admiratifs : moi, j'en éprouve un peu plus de courage pour vivre.

Après dîner, au salon, nous "ferons l'atelier", chacun occupé dans son coin, mais relié à tous les autres par ces ondes d'amour et de compréhension tacite dont aucun de nous ne saurait se passer : nous restons donc ensemble en silence, et nos jardins secrets s'enrichissent, soir après soir.

Carte ancienne Le lundi est rouge sang, avec des effluves cruelles et violentes. Le mardi est d'un noir profond. Le mercredi est vert de prairie, un peu acidulé, et le jeudi rose tendre comme la joue d'un enfant qui se colore de plaisir. Le vendredi est bleu nuit, on se prend à espérer. Le samedi est rouge et doré : nulle contrainte, toutes les fêtes sont possibles.

51

Dark Companion

Sunday is white, a clear, milky white, a clean slate filled by early morning with the tracings of God's mystery.

My mind wanders on Sunday afternoons, when we are allowed to entertain ourselves however we please. My brother is sitting at the dining room table. Spread out in front of him are a bottle of India ink, a pen holder, and a rectangle of thick paper. The blinds are half closed. The summer afternoon is hot. In the semi–darkness that softens the water–green of the walls, my brother draws and I stand behind his chair, leaning over his shoulder but not touching him.

His fine, strong hands and long fingers are too white for a boy. They can move with great delicacy, and, sometimes, with a sudden staccato abruptness. I like my brother's hands. With tiny, even strokes, they are tracing the outlines of a jagged island. He is making an antique map. He has become a pirate or an admiral, I don't know which; he is completely absorbed in the *Terra Incognita* emerging from his pen. The interior of the land is pale yellow. The island is not entirely

Cette ombre familière

Le dimanche est blanc, d'un blanc laiteux et transparent, pâle journée que le mystère–Dieu couronne dès le matin.

Je me sens désoeuvrée en ces après–midi dominicales où il nous est donné d'occuper le temps à notre guise. Mon frère s'est installé à la table de la salle à manger. Il a posé devant lui une bouteille d'encre de Chine, un porte–plume et un rectangle de papier épais. Les persiennes sont à demi fermées. C'est un chaud dimanche d'été. Dans la pénombre qui adoucit le vert aquatique des murs, mon frère dessine, et moi, debout derrière sa chaise, je me penche, sans le toucher.

Ses belles mains, longues, solides, trop blanches pour un garçon, savent être d'une douceur extrême, et parfois d'une brutalité inattendue, martelée. J'aime les mains de mon frère. Elles font apparaître, à petits traits précis et délicats, une île aux contours tourmentés. C'est une carte ancienne qu'il invente. Il est, en ce moment, pirate ou amiral, je ne sais ; tout son être se penche intensément vers cette *Terra incognita* qui naît sous ses doigts. L'intérieur des terres est jaune pâle. Ce n'est pas tout à fait une île déserte,

uninhabited--there are three huts surrounded by palm trees. A strong, fat-cheeked wind blows, while a regal vessel approaches, sails furled and prow flaunting the fleur-de-lys. In the distance, at the opposite edge of the page, is a black ship: pirates, and a strange, contorted fish, almost a dragon, lying in wait. The horn on his forehead is a twisted weapon, seductive and threatening.

An ornate weathervane appears, meticulously rendered according to the principles of art, then an inscription in a parchment roll: *Island of Dreams*.

As I watch, fascinated, my brother's hand starts flowing across the page in steady circular movements. He is drawing hundreds of tiny waves. Little black tufts slowly fill the blank spots on the page, around the island, the ships, and the horned fish. My brother's hand is tireless. He's off in a private world and I'm still standing behind him, left out, hovering at the edge of a dream.

car on y voit trois huttes entourées de palmiers. Un vent joufflu souffle joyeusement, tandis que, toutes voiles déployées, un vaisseau royal s'avance, la proue orgueilleusement ornée d'une fleur de lys. Très loin, à l'autre bout de la page, un bateau noir : ce sont les brigands de la mer, guettés par un poisson étrange, presque un dragon, qui se tord de façon compliquée ; la corne qu'il porte au front est une arme torsadée qui séduit et fait peur.

Il faut ajouter une rose des vents dessinée avec un soin infini dans toutes les règles de l'art, puis en bas de la carte, une inscription dans un parchemin à demi déroulé : *L'Ile des Rêves*.

A ce moment, la main de mon frère amorce un petit mouvement souple et régulier qui va se prolonger sans fin sous mes yeux fascinés : il dessine des centaines de vaguelettes minuscules. Ces tortillons noirs couvrent progressivement tout ce qui reste de vide sur la feuille, autour de l'île, des navires et du poisson unicorne. La main de mon frère est inlassable. Lui-même s'est absorbé dans un récit intérieur, et moi, qui n'y ai pas droit, je me tiens debout derrière lui, comme à la lisière d'un rêve.

He adds a few more words to his map, words I don't understand: *Nova Totius Terrarum Orbis Geographica ac Hydrographica Tabula*. Then with a candle, he inflicts burns on his work, to give it the weight of centuries.

I found this map in my godmother's apartment after she died. My brother had given it to her. I didn't ask anyone's permission. I took it. It's mine by right. There are spots of mildew on the glass cover.

Today, the island where my brother Etienne lives is off limits to me.

The Silver Finger Bowls Everything about my godmother's life was excessive : joy, despair, heroism, devotion to duty, sexual passion, maternal love. Little by little I discover the quality of overbundance in this woman--in the beginning, at my expense. Every time I visit her I find myself buried in her arms, my face mashed against the inevitable purple bodice that

Cette ombre familière

Il tracera encore quelques mots que je ne comprends pas : *Nova Totius Terrarum Orbis Geographica ac Hydrographica Tabula*, et puis il infligera des brûlures à son oeuvre à l'aide d'une bougie pour lui donner son poids de siècles.

J'ai retrouvé chez ma vieille marraine, lorsqu'elle est morte, cette carte que mon frère lui avait donnée. Je n'ai rien demandé à personne. Je l'ai prise. Elle me revient de droit.

Il y a des taches de moisissure sur le verre qui la protège.

Aujourd'hui, mon frère Etienne vit sur une île où il ne m'est pas permis d'aborder.

Les rince-doigts d'argent

Tout, dans la vie de ma vieille marraine, a été excessif : la joie, le désespoir, l'héroïsme, le sens du devoir, la passion amoureuse, l'amour maternel. Je découvre peu à peu le côté surabondant de cet être, et tout d'abord à mes dépens, lorsqu'à chacune de mes visites je me retrouve ensevelie dans ses bras, le visage collé contre un corsage toujours violet imprégné d'une odeur complexe de

always smells of jasmine and old closets, with the rosette of a Grand Officer of the Legion of Honor hitting me right at eye level. I wait for her flurry of affection to pass. Fortunately, a moment earlier, I have taken a deep breath and held it in, so I can remain submerged for the time required. I get better at this over the years.

My godmother finally lets me go. I start breathing again and look around at the lush furnishings of her apartment high in the sky, on the seventh floor of a building on the rue des Sablons. There is gold leaf, fine wood, crystal, velvet, brocade, thick wool, antique silk, fragrant leather. I run my finger over these things, barely touching them. I go from one painting to another. Some are terrifying; others are saccharine and reassuring, so those are the ones I keep coming back to. I don't think any of this is really beautiful--to tell the truth, I'm not sure. How can you know if a thing is beautiful? I've often asked myself this question, and have decided that Elie and Madeleine will teach me when the time comes. In any case, the luxurious abundance in

jasmin et de vieux tiroir, l'oeil rivé sur la rosette de Grand Officier qui flamboie juste à ma hauteur. J'attends que s'apaise cette tendre bourrasque. Heureusement, j'ai fait, juste avant, provision d'air, et bloqué ma respiration. Je peux rester ainsi, immergée, pendant le temps qu'il faut, pratiquant une apnée qui s'améliore au fil des années.

Ma marraine me libérant à regret, je m'ébroue, et me prépare à savourer les incomparables merveilles de cet appartement en plein ciel, situé au sixième étage d'un immeuble de la rue des Sablons. Il y a des meubles dorés, d'autres en bois précieux, il y a du cristal, du velours, de la tapisserie, de la haute laine, de la soie ancienne, du cuir odorant. J'effleure les choses de mon index. Je vais d'un tableau à l'autre : certains sont terrifiants, d'autres d'une douceur mièvre qui me rassure et donc je m'y attarde. Je crois que rien de tout cela n'est vraiment beau, à vrai dire je n'en suis pas sûre. Comment peut–on savoir qu'une chose est belle, c'est une question que je me suis déjà souvent posée : j'ai tacitement décidé qu'Elie et Madeleine me l'apprendraient avec le temps. En tous cas, l'abondance luxueuse de la rue des

the apartment on the rue des Sablons seems to me a kind of beauty, and I enjoy it.

I like a degree of luxury. I think of myself as a princess or a queen. I dream of canopy beds, gowns the color of time, princes and unicorns. Now and then, my godmother tries to convert me to her republican and feminist convictions. She tells me about the Palais de Justice where she spends half her life, trying cases, about the causes she supports, about women's rights that she champions no matter what the opposition. I know she's determined, intelligent, assertive, and almost always gets her way. There is passion in her voice, authority in her delivery. I don't say anything, but I'm not persuaded, and she lets the matter drop, pretending to believe she has convinced me. The subject will come up again later, I know. I don't really care. I'm oblivious to what goes on around me and am always turning it into a dream I consider worth living in. Part of me is somewhere else, and there's nothing my godmother's gifts for oratory can do to change that.

In spite of my fondness for luxury, I'm not really pampered at home. My brother and I were born

Cette ombre familière

Sablons me semble être une forme de beauté, et je m'y complais.

J'aime un certain luxe. Je me veux princesse et reine. Je rêve baldaquins, robes couleur du temps, princes et licornes. Ma vieille marraine tente parfois de me convertir à ses idées républicaines et féministes. Elle me raconte le Palais de Justice où elle plaide et qui est devenu sa deuxième demeure, les causes qu'elle défend, les droits de la femme pour lesquels elle se bat à temps et à contretemps, têtue, intelligente, importune, presque toujours triomphante. Le discours est passionné, la voix chaude, le ton impératif. Je reste silencieusement sur mes positions, et elle, qui n'est pas bête, se tait, faisant semblant de croire qu'elle m'a convaincue. La question sera reprise plus tard, je le sais bien. Moi, ça m'est complètement égal : je passe mon temps à transfigurer allègrement la réalité quotidienne pour en faire un rêve qui vaille la peine d'être vécu. Je ne suis jamais pleinement là, et les talents oratoires de ma marraine n'y peuvent rien.

Donc, le luxe. Je ne suis pas vraiment gâtée à la maison. Mon frère et moi sommes des enfants de la guerre, une guerre qui n'est pas si loin, qu'il

61

during the war, a war not yet distant, that remains to be digested, assimilated, forgotten. The grocer still clips our food ration cards with his big scissors and children in wooden–soled galoches still clatter down our steep street every morning on their way to school. Life is gradually returning to normal, but daily routines don't recover that quickly from five years of austerity.

This is why the silver finger bowls on the rue des Sablons seem to me the height of luxury. Sometimes the water in them is cold, in which case I only wet the tips of my fingers and give the lemon slice floating on top a quick squeeze. There are times, though, when by some miracle the water is warm. At those moments I concentrate on my half–immersed hand, and a sudden calm spreads through my whole body.

Despite her republican speeches, my godmother's finger bowls are proof enough for me that she's a queen who has abdicated her throne–– maybe even a fairy, since that's the hidden face of every godmother. Mine, though, is competent and articulate, a flesh and blood fairy who one day will stand in her turban under the Arc de Triomphe, tiny, very old, her eyes shining and her

faut digérer, assimiler, oublier. L'épicier coupe encore avec ses grands ciseaux nos cartes d'alimentation, et les galoches à semelles de bois font chaque matin, à l'heure de l'école, grand vacarme dans notre rue en pente. La vie reprend peu à peu un petit air florissant, mais le quotidien ne se départit pas si vite d'une austérité qui a duré cinq ans.

C'est pourquoi les rince-doigts d'argent de la rue des Sablons me semblent être le summum du luxe. Il arrive qu'ils soient remplis d'eau froide : je me résigne alors à n'y tremper que le bout de mes doigts, avec une rapide pression du citron en lamelle qui flotte à la surface. Certains jours cependant, je ne sais quel miracle opérant, l'eau est chaude. Je me concentre alors sur ma main à demi immergée, tandis que m'envahit une détente soudaine de tout le corps.

Les rince-doigts d'argent de ma marraine me prouvent assez qu'elle est, malgré ses homélies républicaines, une reine ayant abdiqué, peut-être même une fée, puisque c'est la face cachée de toute marraine, mais une fée solide, active, éloquente, qui se retrouvera un jour sous l'Arc de Triomphe, toute petite, très vieille, les yeux

eloquence intact, with flags snapping in the wind. She will come forward between two rows of honor guards at attention, to be decorated by the President with a Commander's medal.

Yet this woman is shadowed by despair. Her only son was killed, burned to death in a tank explosion near Sedan, in 1940. She spent the rest of the war on the brink of despair, pleading for a death that would not come. All sense of meaning lost, she decides to kill herself. This is when she meets Madeleine, who has left Paris for Lyon, with Elie. My brother is two years old. I'm there too, but no one has seen me yet. I'll be born very shortly. My mother talks about God to this woman, a Jew and an atheist, and she listens long enough to shut out the voice of mortal anguish. Overcome with emotion, she agrees to be my godmother.

I was born on the day of the dead, in Annecy. My mother and I were not alone in our room the night after my birth. Late that November afternoon, the baby's fine pink hair against her cheek, Madeleine suddenly looked at her husband standing at the window. Elie didn't say anything,

Cette ombre familière

étincelants, le verbe haut sous son turban, dans le fracas des drapeaux flottant au vent ; elle s'avancera, entre deux rangées de gardes républicains pétrifiés, pour recevoir des mains d'un Président une médaille de Commandeur.

Cette femme, cependant, est habitée par le désespoir. Son fils unique a disparu, soufflé dans son blindé près de Sedan, en 40. Elle a vécu le reste de la guerre dangereusement, à la lisière de la folie, appelant une mort qui se refusait. Ne trouvant plus de sens à rien, elle décide de se suicider. C'est alors qu'elle rencontre Madeleine, réfugiée à Lyon avec Elie. Mon frère a deux ans, moi, je suis là, mais encore invisible. Je vais naître dans très peu de temps. Ma mère parle de Dieu à cette Juive athée qui, faisant taire en elle la voix de son angoisse mortelle, l'écoute et, passionnément, accepte d'être ma marraine.

Je suis née le Jour des Morts à Annecy. Nous n'étions pas seules, ma mère et moi, dans notre chambre, la nuit qui suivit ma naissance. Vers la fin de cet après-midi de novembre, Madeleine, tandis qu'elle respirait les petits cheveux roses de son enfant, avait fixé soudain son mari debout à la fenêtre. Elie ne disait rien, mais son dos parlait

but the tension in his back spoke for him. He was leaning against the windowpane, watching the Germans enter the city. While I took my first breaths peacefully beside Madeleine, in the world outside the inconceivable was happening: transport trains were rolling toward incinerators.

Elie left us that night. We were asleep together when the door opened very quietly. A voice whispered, "May we, Madame?" A rhetorical question. This room was the only haven, the last recourse. Three shadows stretched out on the floor and never moved all night, stony from exhaustion. Before dawn, the three resistants got up without a sound, whispered "Thank you," and the door closed behind them.

The next day my godmother leaned over my cradle and in a sense took possession of me. Hovering between life and death herself, the eternal Pietà saw in this birth a sign of her dead son. She converted soon afterward, turning to God the way children entrust their burdens to shoulders stronger than theirs.

pour lui, qui se voûtait au fil des secondes. Le front appuyé contre la vitre, il regardait les Allemands entrer dans la ville.

J'existais doucement à côté de Madeleine, tandis que dans le monde des convois s'acheminaient vers d'inimaginables brasiers.

Elie nous a quittées, le soir venu. Nous dormions dans les bras l'une de l'autre, quand la porte s'est ouverte avec une infinie précaution. Une voix a chuchoté : "Vous permettez, Madame?" qui n'appelait pas de réponse : cette chambre était le seul havre, le recours ultime. Trois ombres se sont étendues sur le sol, et n'ont plus bougé, pierreuses tant la fatigue était grande. Au petit matin, les trois résistants se sont levés sans bruit, ils ont dit :"Merci" dans un souffle, la porte s'est refermée sur eux.

Le lendemain, ma marraine s'est penchée sur mon berceau, en quelque sorte a pris possession de moi : la morte–vivante, l'éternelle Pietà a vu dans cette naissance un signe de son fils disparu. Elle s'est convertie peu de temps après, se réfugiant en Dieu à la manière des enfants qui confient leur peine à plus fort qu'eux.

Dark Companion

My life is punctuated with solid islands. Friday dinner is one of them, at my grandparents', for the beginning of the Sabbath. We leave our apartment on the sixth floor and get ready to cross the threshold of another world to which we have ties of faith and blood.

Upon arrival we exchange a warm "Gut Shabbes" with my grandparents. We rarely take time to dress for the evening, but a detail of each person's appearance underscores the festiveness of the occasion--a necklace, a buckle on a shoe, hair more carefully brushed than usual, a more alluring tie.

We're happy to be here. It's a moment of respite. My grandmother holds herself very straight on her green and black striped velours fainting couch. My grandfather has the short, stout stature, the bald head, and wears the mustache of men of his generation; he sits in an Empire chair with swan's neck arms that I like. Elie and Madeleine sit down attentively beside them, and we children flit

Cette ombre familière

Ma vie est ponctuée d'îlots
sûrs : le dîner du vendredi en
est un, chez mes grands-
parents, qui marque le début du sabbat. Nous
refermons notre porte au cinquième étage, et nous
nous préparons à franchir le seuil d'un autre
monde auquel nous sommes spirituellement et
viscéralement attachés.

Dès l'entrée, nous lançons un "Gut Shabbes"
sonore que mes grands-parents nous retournent
joyeusement. Nous prenons rarement le temps de
nous habiller pour le soir ; cependant, un petit
détail dans la mise de chacun souligne le côté
festif du moment : un collier, une boucle de
soulier, un raffinement dans la coiffure, une
cravate plus chatoyante...

Nous sommes heureux d'être là : c'est un repos.
Ma grand-mère est assise, bien droite, sur sa
méridienne de velours rayé vert et noir ; mon
grand-père a la courte rondeur, la calvitie et la
moustache des hommes de sa génération ; il
occupe un fauteuil Empire dont j'aime les
accoudoirs en col de cygne. Elie et Madeleine
s'installent à côté d'eux, attentifs, et nous, les
enfants, nous papillonnons à travers le salon,

around the room, still curious about the paintings and bibelots we examine for the thousandth time, even though we know them by heart. The daily routine fades. We've entered the time capsule of Friday evenings.

Dinner is announced. We move toward the dining room. The chairs are upholstered in tapestry; sculpted lions' heads decorate the backs. On the wall over the sideboard a little page smiles at me from a dark painting. He bears fabulous fruits, in the shadow of a deep red curtain. Above a credenza is a platter from the school of Bernard Palissy, where a sea monster twists in relief, surrounded by threatening crustaceans.

There's no need for me to talk. The others' conversation flows around the table. I enjoy my eggs mimosa and listen vaguely. I'm startled out of my revery by the bell that my grandmother rings commandingly. I'm impatient for dessert, not so much for the tarts glimpsed in the kitchen on a clandestine visit just before the meal, as for the wonderful plates they will be served on. The plates have scalloped edges; the faded brown

Cette ombre familière

examinant pour la millième fois, avec une curiosité toujours neuve, des tableaux et des bibelots que nous connaissons par coeur. La vie quotidienne s'éclipse, nous sommes entrés dans la bulle du vendredi soir.

On annonce le dîner. Nous nous dirigeons d'un pas tranquille vers la salle à manger. Les chaises sont en tapisserie ; des têtes de lion sculptées en ornent le dossier. Au mur, dominant la desserte, un tableau sombre d'où me sourit gravement un petit page, porteur de fruits fabuleux, à l'ombre d'un rideau vieux rouge. Au-dessus d'une crédence, un plat de l'école de Bernard Palissy, où se tord en relief un monstre marin, entouré de crustacés menaçants.

Je n'ai pas besoin de parler. Les propos des uns et des autres se rejoignent par-dessus la table, je les écoute vaguement en savourant mes oeufs mimosa. Je suis tirée de ma rêverie par la sonnette que ma grand-mère agite d'une main impérieuse. J'attends le dessert avec impatience, non pas tant pour les tartes entrevues à la cuisine lors d'une visite clandestine juste avant le repas, que pour les merveilleuses assiettes qui les contiendront : elles ont forme de corolle, avec des

glaze is burned blue in places. In the center are magical landscapes that I contemplate endlessly. The design is different for each plate, but always washed in an aquatic green shining with mysterious lights.

One shows a city with fountains and minarets reflected in calm waters ringed by sharp rocks.

Another shows two thatched cottages beside a stream. A small figure sits in high grass fishing, his dog at his side. Tall, slender trees bend gracefully under a cloudy sky.

Yet another shows an inn at nightfall with all its windows lighted to welcome the travelers who are getting out of a boat. The lake is smooth, a storm is about to break, a little donkey overloaded with packs hurries along; it will be good to take shelter.

I always get the same plate, the one with the sailboat on choppy waters. Everyone knows I like it. I've been allowed to claim it. I think I can see a phosphorescent light coming up from the depths.

Cette ombre familière

teintes délavées d'un brun profond parfois brûlé de bleu ; le centre est un paysage magique que je contemple sans fin ; le dessin en est différent pour chaque assiette, mais toujours noyé d'un vert sous-marin où règnent de mystérieuses lueurs.

C'est une cité dont les fontaines et les minarets se reflètent dans des eaux calmes cernées de roches abruptes.

Ce sont deux chaumières sur le bord d'un ruisseau : un petit personnage est assis parmi les hautes touffes d'herbe et pêche à la ligne, son chien lui tient compagnie, les arbres immenses et frêles se courbent gracieusement sous un ciel nuageux.

C'est une auberge à la nuit tombante, toutes fenêtres illuminées pour accueillir les voyageurs qui descendent d'une barque. Le lac est lisse, l'orage va éclater, un petit âne trop chargé se hâte: il fera bon s'abriter.

A moi, on donne toujours la même assiette, on sait que je l'aime, on m'a permis de la faire mienne : un bateau à voiles sur des eaux agitées. Il me semble discerner une lumière phosphorescente qui monte des profondeurs. Le

Dark Companion

The sun is setting in a dark sky. I wander off into this scene of precarious peace.

As the end of dinner approaches, dread sets in. I know someone will say to me, "Bab, are you going to play us your little Bach?" Playing my little Bach is an ordeal for me. I get stage fright, I can't swallow, I break out in red patches, my hands get clammy, my fingers shake. All these people I love and who love me will become merciless judges listening to my mediocre rendition of what I play with far more skill when I'm alone. Sure enough, someone asks me to go to the piano. I execute my poor little Bach that really deserves better.

Then as conversations resume, I slip off down the hallway to the gloom of the laundry room where there are shelves of discarded books. Sitting on a stool under a naked lightbulb hanging from a cord, in no time I'm engrossed in a volume of the Bibliothèque Rose, usually the Comtesse de Ségur. I hope everyone forgets about me.

Occasionally I get out of playing the piano because my uncle Jacques is there. He is my

soleil décline dans un ciel noir. Je me perds dans cette paix menacée.

A mesure qu'approche la fin du dîner, l'angoisse me saisit. Je sais qu'on me dira : "Bab, tu vas nous jouer ton petit Bach ?" Jouer mon petit Bach est pour moi une épreuve. J'ai le trac, ma gorge se noue, des plaques rouges m'envahissent, mes mains deviennent moites, mes doigts tremblent. Tous ces gens que j'aime et qui m'aiment vont devenir des juges sans indulgence qui m'écouteront jouer médiocrement ce que j'exécute avec infiniment plus de bonheur lorsque je suis seule. On me demande, en effet, de me mettre au piano. J'exécute ce pauvre petit Bach qui mériterait tout de même mieux. Puis, tandis que reprennent les conversations, je m'enfuis le long du couloir vers la lingerie mal éclairée où des étagères de livres relégués ont trouvé place. Juchée sur un escabeau sous l'ampoule nue qui pend du plafond, je me plonge avec délices dans un volume de la Bibliothèque Rose – la Comtesse de Ségur, la plupart du temps. Je souhaite que l'on m'oublie.

Parfois je suis dispensée de piano parce que mon oncle Jacques, exceptionnellement, est là.

father's older brother. I think he's slightly mad. Music holds him completely in thrall. He is abrupt, harsh, jealous of Elie, and rancorous toward his elderly parents who treat him with a benign lack of understanding that probably exasperates him. I'm very frightened of him. And yet the man who sits down at the piano does not frighten me at all. He is possessed and transfigured by music. No longer my uncle, he becomes a teacher leading me to the very heart of beauty.

Some Fridays he takes his place at the piano in a fury, his thin yellow face taut. His eyes dart sideways, he refuses to speak. He waits for my father to tune his cello. They play the Rachmaninoff Sonata in G minor, a horribly difficult piece, tangled, stormy and tender, meditative and flamboyant; hearts beat faster. Under the eye of Abraham and the woman in marble, accompanied by the mute cry of Suffering and Sorrow behind their glass panes, the brothers forget their resentment. For the time it takes to play a sonata, they are divinely united on this Sabbath evening.

Cette ombre familière

C'est le frère aîné de mon père. Je le crois un peu fou. La musique le tient totalement. Il est sec, hargneux, jaloux d'Elie, plein de rancune à l'égard de ses vieux parents qui montrent pour lui une bienveillante et sans doute exaspérante incompréhension. J'en ai très peur. Cependant, c'est un autre homme qui s'installe au piano, un homme que la musique habite et transfigure, que je ne crains plus du tout lorsqu'il devient mon maître, cessant d'être mon oncle. Il sait m'entraîner au coeur même de la beauté.

Certains vendredis, il s'assied rageusement au piano, son visage jaune et maigre est crispé ; il attend, avec des regards de biais et un mutisme batailleur, que mon père ait accordé son violoncelle. Ils jouent la Sonate de Rachmaninoff en sol mineur qui est pleine d'orages et de douceur, affreusement difficile, enchevêtrée, méditative et flamboyante ; les coeurs battent. Sous l'oeil d'Abraham et de la Dame en marbre, accompagnés du cri muet, derrière leur petite vitre, de la Souffrance et de la Douleur, les deux frères oublient, le temps d'une sonate, tous leurs ressentiments, divinement réunis en ce soir de Sabbat.

Just as unchanging is Sunday mass, which we never miss. My grandparents pretend not to know this. I have no trouble adapting to the double requirement of Fridays and Sundays. For me the Lord's day starts Friday at nightfall and ends Sunday evening, with different rituals according to the hours, always inspired by the same God.

Rachel weeping for her children, John the beloved disciple resting his head on Christ's heart, Jacob's stunning battle with the angel, and the Messiah, gentle with the little children whom we must become like to enter the kingdom of heaven; Moses and the burning bush, thunderstruck, hearing Yahweh identify himself; the blood of the lamb above the doorways, the desert wanderings of the chosen people, and the God who is in neither the hurricane nor the earthquake nor the fire, but is there in the cool breeze that enraptures the prophet emerging from his cave; and the transparent yet unfathomable mystery of the

Cette ombre familière

Immuable également est la messe du dimanche que nous ne manquons jamais ; mes grands-parents feignent de l'ignorer. Je m'accommode très bien de cette double exigence, sabbatique et dominicale. Je me dis que le Jour du Seigneur commence le vendredi à la tombée du jour et s'achève le dimanche soir, avec des rituels différents selon les heures, mais toujours à la lumière du même Dieu.

En moi cohabitent en paix Rachel qui pleure ses enfants, Jean, le disciple bien-aimé qui pose sa tête sur le coeur du Christ, Jacob dans son éblouissant combat avec l'Ange, et la tendresse du Messie pour ces petits enfants auxquels nous devons ressembler pour pénétrer dans le Royaume ; Moïse face au buisson ardent, écoutant, foudroyé, la déclaration d'identité de Yahweh Sabbaoth, et le sang de l'agneau sur le linteau des portes, les errances désertiques du Peuple élu, et ce Dieu, absent de l'ouragan, absent du tremblement de terre, absent du feu, mais là, présent dans la brise légère qui ravit le prophète sur le seuil de sa grotte. Et le mystère transparent – insondable cependant – du Fils de l'Homme

Dark Companion

Son of Man who is one with the Father, as recounted by John; all coexist peacefully within me.

My inner life grounded in these teachings, I feel myself at the very heart of Revelation; for me Christianity is nothing less than a wondrous flowering of the dark riches of the Old Testament.

Star Crossing The trees in the Bois de Boulogne form an honor guard for the couple walking sedately down the avenues. He wears a felt hat that he raises sparingly, with calculated courtesy. His body is thick, his coat black. The polish of his shoes glints, his cane taps smartly on the asphalt. This is my paternal grandfather. My grandmother is tall and slender, dignified, erect. A string of pearls and a rhinestone brooch stand out against the black velvet of her dress. She walks several steps ahead of her placid little husband, whom she worships. Reine is the daughter of a rabbi. With timid assurance, she carries the torch of an ancient tradition. Ritual fasts and feasts, the Friday

dans son intimité avec le Père, tel que Jean nous le rapporte.

Je suis ainsi habitée, me sentant au coeur de la Révélation ; je ne vois dans le christianisme qu'un merveilleux épanouissement des sombres richesses de l'Ancien Testament.

Conjonction d'astres Les arbres du Bois de Boulogne font une haie d'honneur au couple qui s'avance précautionneusement le long des allées. Lui porte un feutre mou qu'il soulève de temps à autre avec une courtoise avarice. La silhouette est épaisse, le manteau noir, les chaussures cirées lancent des éclairs, le coup de canne est précis sur l'asphalte : c'est mon grand-père paternel. Ma grand-mère, elle, est longiligne, élégante, un peu raide, le collier de perles et la broche de brillants éclairent le velours noir de la robe ; elle marche bien en avant de son petit mari qui va, serein, et qu'elle vénère.

Reine est fille de rabbin. Elle tient avec une timide fermeté le flambeau d'une vieille tradition. Les jeûnes, les fêtes, le dîner sabbatique du

evening meal, services at the synagogue (which she calls "temple") give meaning to the modest life of this *grande bourgeoise*. She walks ahead of her husband in the avenues of the Bois de Boulogne, but she makes no decisions because she isn't certain of anything. He follows her, at his own pace. He's the one who knows things and drives the team.

Reine carries a black crocodile handbag, Felix a cane with a silver pommel. They carry in their hearts the recent war, the betrayals, the raids they miraculously escaped. They carry in their hearts the exodus routes and the Occupation, the death that let them go but took their cousin Léon and his wife and children who were turned in, betrayed, exterminated at Auschwitz. They also carry forward, relentless as a beating heart, the myriad gifts and wealth of talents of the survivors who gather on the third Saturday of each month, in their living room on the rue Jasmin.

That day, under the tall trees in the Bois de Boulogne, a woman on a bicycle passes Felix and Reine. She stops and turns around to them. She

vendredi, les offices à la synagogue (qu'elle appelle "le temple") , sont des jalons vitaux dans l'humble vie de cette grande bourgeoise.

Elle marche loin devant, dans les allées du Bois de Boulogne. Cependant, elle ne prend pas de décisions, car elle n'est sûre de rien. Félix la suit, de son pas tranquille : c'est lui qui sait et qui conduit l'attelage.

Reine tient un sac à main de crocodile noir, Félix a une canne à pommeau d'argent. Ils portent en eux la guerre récente, les dénonciations, les rafles auxquelles on échappe par miracle. Ils portent en eux les routes de l'exode, puis les Allemands partout ; la mort qui ne veut pas d'eux, mais qui a pris le cousin Léon, avec sa femme et ses enfants, dénoncés, trahis, exterminés à Auschwitz. Ils portent aussi en eux, comme un coeur qui bat, tenace, les talents colorés, les dons multiples des rescapés qui se réunissent, le troisième samedi de chaque mois, dans le salon de la rue Jasmin.

Ce jour-là, sous les grands arbres du Bois de Boulogne, une bicyclette roule dans l'allée, dépasse Félix et Reine, s'arrête. Une femme met pied à terre et se tourne vers eux. Elle a été

was once very beautiful. A little girl is riding uncomfortably on the metal bars of the baggage carrier--this is me. I hang onto the seat so I won't fall off. This woman is my maternal grandmother, the other side of my little world. She is a showy creature who lives each moment with delight or despair. Her life is a patchwork of inconsequential loves, queenly whims, and aborted escapes. She has never touched down to earth with more than the tip of her toes; illusions and unsatisfied desires have left her with a vague, brassy bitterness.

When I visit her in the back room she rents near the Etoile, where she types for hours at a time, she tells me fascinating stories about her mother, a beautiful young seamstress with a cinched waist and pale eyes (sepia photographs from the period confirm this). The seamstress was loved by an officer of the Tsar, who took her with him to Ukraine and suddenly died. I like the fact that Mamina has Russian blood and I'm her granddaughter. This makes me part of the legend.

In the dark room where I can smell her landlady's dogs, I listen to stories about the

extrêmement belle. Une fillette est assise sur les barres de fer du porte–bagages, douloureusement: c'est moi. Je me cramponne à la selle pour ne pas tomber. Cette femme est ma grand–mère maternelle, elle est l'autre versant de mon petit monde, oiseau rutilant qui vit l'instant présent avec volupté ou désespoir. Son existence est faite d'amours envolées, de caprices de reine, d'évasions avortées. Elle n'a toujours posé que le bout de la pointe du pied sur cette terre : les illusions et les désirs inassouvis lui ont donné une amertume diffuse, un peu grimaçante.

Lorsque je viens la voir dans la chambre sur cour qu'elle loue près de l'Etoile, et où elle tape à la machine des heures durant, elle me raconte parfois des histoires qui me font rêver sur sa mère, jeune et belle couturière parisienne à la taille serrée, aux yeux clairs (les photos sépia de l'époque en témoignent) qu'un officier du Tsar a aimée, et emmenée en Ukraine avant d'être emporté par une mort soudaine. Il me plaît de penser que Mamina a du sang russe et que je suis sa petite–fille : je fais ainsi partie de la légende.

Dans cette chambre sombre où se répand l'odeur des chiens de sa logeuse, je l'écoute me parler de

unreliable husband she didn't really love, a shadowy figure who soon left her. He provided her an entree into the enticing world of the old Catholic bourgeoisie, and not much else. Mamina's favorite subject, and mine, is her father–in–law the canon, an imposing figure who discovered his vocation after siring ten children. His wife died in the last childbirth, yielding, it would seem, to a force stronger than herself. To ensure that the baby had milk, the deceased wife was replaced by a goat. Once freed from conjugal ties, the family man dedicated his life to God. I can picture him, irritated by the aging maiden ladies who haunt his confessional as others, later, will haunt certain couches. There's something slightly perverse in the way he titillates their withered hearts, introducing them to a son or daughter who call him "papa" under the holy images. Charles, Louis, Jules, or Céline incline their foreheads obediently, to receive a kiss from the tight–lipped devotees. The canon smiles smugly. So do I.

Sometimes Mamina talks about a side of her life that for me belongs to the realm of fable––the two

son mari, être nocturne et instable, tôt disparu, qu'elle n'a pas vraiment aimé, qui n'a été pour elle qu'une clé lui permettant d'entrer dans l'univers séduisant d'une vieille bourgeoisie intelligente et catholique. Mais ce que Mamina préfère à tout, c'est évoquer l'image puissante de son beau-père le chanoine. Il me fascine, cet homme qui a eu dix enfants avant que lui soit révélée sa vocation. Sa femme est morte à la dernière naissance, s'effaçant en quelque sorte devant plus nécessaire qu'elle : on l'a remplacée, pour nourrir le petit, par une chèvre. Une fois libéré des liens conjugaux, le père de famille s'est consacré à Dieu. Je l'imagine volontiers, agacé par les vieilles demoiselles qui hantent son confessionnal comme d'autres, plus tard, hanteront certains divans : il prend un malin plaisir à leur présenter un fils, une fille, qui l'appelleront "papa" sous les saintes images, à dessein de provoquer dans ces coeurs un peu secs quelque tumulte. Charles, Louis, Jules ou Céline répondent à l'appel : ils tendent leur front au baiser des réticentes Philotées. Le chanoine sourit d'aise. Et moi aussi.

Mamina, parfois, veut bien déployer devant moi un autre pan de sa vie qui prend à travers ses

men she has loved and who loved her. Both were rich and powerful, princes as far as I'm concerned. One died too soon, the other left her. The stories are wonderful, fairy tales almost, but they're sad.

Mamina is a young enough grandmother to ride me on the baggage carrier of her bicycle. She's the one who taught my brother and me to play marbles and jump rope. Her defiant spirit catches us off guard sometimes, but despite the bitterness in her heart, she tends to us with good cheer.

That day in the Bois de Boulogne, while Mamina steadies her bicycle, I run over for a kiss from Reine. I smell her faint perfume as she leans down. Felix never talks much. His eyes crinkle as he says a few words to me in Yiddish. He pretends to be gruff, but his eyes give him away. The only word I remember from this special vocabulary he used with his grandchildren is "schlemiel." I listen distractedly to the somewhat stilted pleasantries exchanged above my head.

récits une allure fabuleuse : ce sont les hommes qu'elle a aimés, qui l'ont aimée ; il y en a eu deux, tous deux riches et puissants, à mes yeux des princes. L'un est mort trop tôt, et l'autre l'a abandonnée. Ce sont de belles histoires, presque des contes de fées, mais elles sont tristes.

Mamina est une grand-mère assez jeune pour m'emmener au Bois sur le porte-bagages de sa bicyclette. C'est avec elle que mon frère et moi avons appris les jeux de billes et le saut à la corde. Malgré l'amertume et le mépris dont son coeur est plein, elle s'occupe de nous avec une certaine gaieté et un esprit frondeur qui étonne parfois les calmes enfants que nous sommes.

Ce jour-là, tandis qu'elle cale sa bicyclette contre le trottoir, je cours me faire embrasser par Reine qui se penche en dégageant un léger parfum. Félix ne parle jamais beaucoup. Ses yeux se plissent, il dit trois mots en yiddish, histoire de rire, d'un ton rogue que le regard dément. De ce vocabulaire particulier qu'il n'emploie qu'à l'intention de ses petits-enfants, le mot "schlemiel" restera seul inscrit dans ma mémoire. J'écoute distraitement les propos affables, un peu guindés, qui s'échangent au-dessus de moi.

Dark Companion

It seems to me now that fate must have made many mysterious detours for those planets to intersect. I have a great fondness for a picturebook image of the rabbi and the canon sitting in the clouds surrounded by the light of eternity, smiling as they watch these three people greet one another cordially on a fall morning in the Bois de Boulogne. Three people who have laid many things to rest before finding a common language.

The Gray Sketchbook I've recently found a gray sketchbook filled with small watercolor paintings, that I thought was lost. Every page evokes a particularly rich and sensitive time in childhood, when things were taking shape forever, God was near, hopes and desires knew no bounds, poetry flowed unrestrained, and reality was bearable for being so intricately intertwined with my dreams.

Cette ombre familière

Il me semble aujourd'hui qu'il a fallu beaucoup de mystérieuses arabesques du Destin pour que ces planètes-là se rencontrent. J'aime à me représenter une image d'Epinal très colorée, un peu naïve, où le rabbin et le chanoine, assis là-haut dans une lumière d'éternité, regardent en souriant trois êtres qui, en ce matin d'automne, se saluent avec bienveillance sous les arbres du Bois de Boulogne, ayant fait taire en eux beaucoup de choses avant de se parler.

Le cahier gris

J'ai retrouvé, ces derniers jours, un cahier gris rempli de petits tableaux peints à la gouache, et que je croyais perdu. Chaque page me replonge avec force dans un moment de l'enfance particulièrement sensible et fécond, où tout prenait sa forme à jamais, où Dieu était proche, où les désirs et les espoirs fleurissaient admirablement, où la poésie se déployait sans entraves, où la réalité étroitement mêlée à mes rêves était acceptable, ainsi enrobée. Certaines de

Dark Companion

Some of these awkward little watercolors instantly bring back the intensity of the moment when I painted them, nearly forty years ago.

I leaf through the notebook. The first scene is in Athens. St. Paul has stopped in front of the temple and is looking at the words *To the Unknown God* engraved above the doors. He is amazed, he has his talk already prepared for the evening. On the next page, Anna Magdalena Bach has just pushed open the door of a huge cathedral. She is a tiny figure at the foot of gray stone columns that rise to the top of the page. Her head is turned toward the organ, which one senses is playing at full volume. Anna Magdalena is listening for the first time to the man who will be her husband: Johann Sebastian. The spirit blows across the slightly creased page. I tell myself that time has no meaning, that even then there was the person in me who would stand at the foot of tall columns and listen to someone she loved playing heavenly music. That has always been.

I turn another few pages and stop at a *Modern Christmas*. Three wise men in top hat and tails are getting out of a limousine. The chauffeur in livery will wait patiently for them while they

ces petites gouaches maladroites réveillent
aussitôt en moi cet état d'esprit frémissant dans
lequel je les ai peintes, voici maintenant près de
quarante ans. Je feuillette :

Saint Paul à Athènes s'arrête, fasciné, devant le
temple dédié *au Dieu inconnu*. Il se réjouit, il a
son discours tout prêt pour le soir.

A la page suivante, on peut voir Anna
Magdalena Bach qui vient de pousser l'immense
porte d'une cathédrale, silhouette menue au pied
des colonnes de pierre grise qui montent sans fin
jusqu'au haut de la page. Elle lève la tête vers les
orgues, dont on sent bien qu'elles jouent à pleine
puissance. Anna Magdalena écoute pour la
première fois celui qui sera son mari : Jean-
Sébastien. L'esprit souffle à travers cette feuille
un peu défraîchie. Je me dis que le temps n'existe
pas, qu'il y avait déjà en moi, à cette époque, celle
qui écoutait, au pied des colonnes, un être aimé
jouer une musique divine : cela a été de tous
temps.

Je tourne encore quelques pages et m'arrête à
un *Noël moderne*. Trois rois mages en habit noir
et chapeau haut de forme descendent d'une
limousine. Le chauffeur en livrée les attendra

climb a twisting stairway, followed by servants carrying packages and flowers. The astonished concierge leans on her broom and watches them go by: "My, my, fancy callers for Number 37! That's odd. . . ." The little painting shows Room 37 in cross section. It is meagerly furnished. A young blonde woman is lying in a wooden bed; a man in blue work clothes is handing her flowers. There is a cradle on the floor next to the bed, with a child in it, and two oval portraits on the wall. Nothing else. Except an angel kneeling beside the cradle, so we know what the scene is about. Several pages later is an illustration of Jean-Paul Toulet's poem about three maidens from Provence dancing down the road with the sun in their faces.

Finally I come to the fourteen stations of the cross, where my Christ with no nose, seen in profile, moves toward the place of his agony. The women of Jerusalem are weeping, dressed in brightly colored tunics. Here too, the columns of the pretorium rise to the top of the page. Pilate, meanwhile, is washing his hands. And the timeless hill is there, with the winding path where all humanity stumbles three times under the weight of the cross--this is the same steep path

patiemment, tandis qu'ils se dirigent vers un escalier tortueux, suivis de domestiques chargés de paquets et de fleurs. La concierge, appuyée sur son balai, les regarde passer, étonnée: "Tiens ! du beau monde pour le 37 ! Bizarre..." A travers la cloison, on voit la chambre 37, misérable : un lit de bois, une jeune femme blonde couchée, un homme en bleu de travail qui lui tend des fleurs, un berceau par terre tout à côté du lit, et un enfant dedans. Deux portraits ovales au mur. C'est tout. Non, il y a aussi un ange agenouillé près du berceau : on sait ainsi à quoi s'en tenir. Quelques pages plus loin, une illustration du poème de Paul-Jean Toulet où "trois châtes de Provence s'en vont d'un pas qui danse, le soleil dans les yeux...".

Enfin, j'en arrive aux quatorze stations du chemin de croix, où mon Christ au profil sans nez s'achemine vers le lieu de son supplice. Les femmes de Jérusalem pleurent dans leurs tuniques bariolées, les colonnes du prétoire, là aussi, n'en finissent pas de monter vers le haut de la page, tandis que Pilate se lave les mains. Et l'éternelle colline est là, avec ce chemin sinueux où l'on tombe trois fois sous le poids de la croix, ce

that twists and turns its way to the summit where later I will look down on my death, a joyous death whose face I cannot see. It will come up to me quickly, with light steps, preceded by a carpet of giant buttercups. The huge blossom closest to me, right at my feet, will open like a book without words where I will read:

> *Hurry, say and do everything*
> *You have not said or done,*
> *Before Death gets here.*

The Hermit Crab Ten years later, still having said and done nothing, I keep coming back to the water–green living room in the family apartment, where I feel out of harm's way. The smile of Jayavarman VII is always waiting for me. On the marble mantlepiece is a lava lamp––the name intrigues me as much as the colored bubbles tumbling inside the fragile glass container. The grand piano stands invitingly against the wall farthest from the window. Gold

Cette ombre familière

raidillon qui tortille jusqu'au sommet d'où plus tard je contemplerai ma mort, une mort joyeuse dont je ne verrai pas le visage ; elle montera vers moi, rapide, légère, précédée d'un tapis de boutons d'or géants. La corolle énorme du dernier poussé, juste devant moi, s'étalera comme un livre à mes yeux, un livre sans mots où je lirai :

Dis vite et fais vite
tout ce que tu n'as pas dit ni fait
avant qu'Elle n'arrive.

Le bernard-l'hermite   Dix ans plus tard, n'ayant toujours rien dit ni fait, je reviens sans cesse, avec le sentiment d'être sauvée, au petit salon vert d'eau de l'appartement familial où m'attend le sourire de Jayavarman VII. Sur le marbre de la cheminée, un Bouillant de Franklin : le nom m'enchante autant que les remous colorés à l'intérieur du fragile appareil de verre. Le piano à queue a sa place loin de la fenêtre, sombre, plein de

threads are still visible in the worn damask altar cloth draped over the back. I run my hand along the smooth dark wood. I play, wedged between the keyboard and the wall. The ancient sheet music crumbles onto the ivory keys. Hemmed in there, with no room to push the chair back, hidden from anyone who might come into the room, I feel as if I've closed a door behind me. Everything is in place. Above my head is a Venetian mirror in a heavy black frame ornamented with studs and sharp ridges, hung too high for me to see myself in it. The only thing it has ever reflected for me is the round, convex witch's mirror on the opposite wall, which itself reflects the piano, in a strange, receding perspective.

Art books and records line the tall, narrow matching bookcases. On the top shelf is a row of Pléiade volumes in brown leather with gold lettering.

The apartment is overheated. I feel at home in this room, like a hermit crab in its shell. I like it here better than anywhere else, and I keep coming back.

promesses, recouvert à demi d'un tissu d'église damassé où courent des fils d'or ; j'en caresse le bois lisse au passage. Je joue, coincée entre le clavier et le mur, maniant de très vieilles partitions qui s'émiettent sur les touches d'ivoire. Assise là, sans recul possible, retranchée, encastrée, cachée au regard de quiconque entrerait dans la pièce, j'ai l'impression d'avoir refermé sur moi une porte. Au-dessus de ma tête, la glace de Venise, au cadre noir, pesant, parsemé de clous et d'arêtes aiguës, accrochée trop haut pour que je puisse m'y regarder. Elle n'a jamais reflété pour moi, en son milieu un peu trouble, que le miroir de sorcière, rond et convexe, qui lui fait face sur le mur opposé, et qui lui-même réfléchit le piano, en une bizarre perspective déformée et rétrécie.

Dans les deux bibliothèques jumelles du salon, hautes et étroites, voisinent livres d'art et microsillons. Sur l'étagère du haut, l'élégante rangée, brun et or, de la Pléiade.

L'appartement est surchauffé. Je me complais dans cette pièce comme le bernard-l'hermite lové dans sa coquille : j'y suis bien infiniment, et j'y reviens toujours.

Dark Companion

The Family Bookseller   People usually sense invisible defenses around me. This annoys them. They say, "Bonjour, Mademoiselle la Protégée." Like the bookseller with the Corsican name. His eyes and hair are black and his socks cardinal red. He makes his move in the big bookstore in the sixteenth arrondissement, where my family comes to stock up with the faithfulness of churchgoers. He recommends that I read Lautréamont. In the alcove of books on religion, he lowers his voice and makes enticing, heretical remarks for my benefit. I like him and go see him often. But he sickened me the day he held my hand too carefully to conceal his lust.

The Indian Poet   There's another one that my glass armor irritates. His name is Ganzo and he considers himself a poet and an archaeologist. His poetic insights into archaeology are colorful but not very convincing. I met him at a party. He was sitting on the floor

Cette ombre familière

Le libraire du XVIe

En général, les gens sentent autour de moi des remparts invisibles. Ils en sont agacés. On me dit: "Bonjour, Mademoiselle la Protégée", tel ce libraire au nom corse, qui porte des chaussettes d'un rouge cardinalice, l'oeil et le cheveu noirs. Il a décidé de m'affranchir, là, en plein milieu de cette grande librairie du seizième arrondissement où la famille vient s'approvisionner en livres avec la régularité des fidèles qui vont à l'église. Il a mis entre mes mains Lautréamont et me tient, à voix basse, des discours séduisants et sulfureux dans le recoin un peu déserté des livres religieux. Je l'aime bien, je vais souvent le voir. Mais il m'a dégoûtée le jour où il a gardé ma main dans la sienne avec une douceur qui masquait mal son appétit violent de moi.

Le poète indien

Il en est un autre que mes transparentes murailles irritent: c'est Ganzo, poète incertain qui se veut aussi archéologue. Ses intuitions poétiques en matière d'archéologie sont savoureuses mais peu convaincantes. Je l'ai rencontré dans un salon,

Indian style, his face intense, inscrutable, almost glowing, reciting Valéry. Young women had formed a circle around him and were listening raptly. He too tried to break through my defenses, but he went about it in such a way that I slipped out of reach, as usual. One day he said to me: "We have wings that would make birds jealous." I weigh the statement and find it worth considering. Wings or no wings, Ganzo then advises me that he has no patience for pastorals--if a sheep is too white, he slits its throat. The risk struck me as ludicrous, of no interest whatever. That was the last time I saw Ganzo.

I wander around the city, longing to ring at someone's door. Sometimes I venture no farther than the fourth floor. On days when I'm desperate to escape, but dread facing the outside world, I evade the problem by changing my appearance and going down to enthrall my grandmother, who is always the perfect audience.

Cette ombre familière

il récitait du Valéry, accroupi dans un coin, son visage d'Indien, aigu, impassible, comme auréolé. Des jeunes femmes faisaient cercle autour de lui et l'écoutaient. Lui aussi a voulu m'affranchir, mais il s'y est pris de telle façon que j'ai glissé un peu plus loin, comme d'habitude. Il m'annonce un jour d'une voix ferme: " Nous avons des ailes que les oiseaux nous envient". Je soupèse et apprécie la phrase. Cependant les ailes de Ganzo ne l'empêchent pas de me dire férocement qu'il n'aime pas les bergeries, et qu'il égorge les brebis trop blanches. Le danger m'a paru risible et totalement dépourvu d'intérêt : je ne l'ai plus revu.

J'erre dans Paris, avec l'envie douloureuse de sonner chez quelqu'un. Parfois je ne me risque pas plus loin que le salon de ma grand-mère au troisième étage. Lorsque mon désir d'évasion est grand, mais que plus grande encore est l'oppression qui s'empare de moi à l'idée d'affronter le monde extérieur, il m'arrive de résoudre le problème pour un temps en changeant d'apparence et en allant étonner, subjuguer ma grand-mère qui, en ces occasions, est un public idéal.

The Blue Angel So among these affluent people I slowly descend the wide, curved stairway, denting the thick pile of the carpet with my spike heels, my hand sliding casually along the wrought iron banister, my hips swaying in a turquoise tube skirt that's too tight. My hair is teased out in wild red curls and an opera hat is cocked at an angle on my head. My eyes are outrageously made up, my lips very red.

This evening I'm the Blue Angel, and I'm headed down for my regular visit with my sweet little Jewish grandmother who is always immaculately groomed and whose daily distraction may consist of running her old ringed fingers over her Pleyel grand. She's hoping I'll come, as I always do, and I'm going to surprise her. For once I'll spare her the perfunctory kiss and my bored answers to the childish questions she always asks.

This evening it's the Blue Angel who rings her doorbell. The servant, who has known me since I was a child, lets me in. Her mouth forms a circle, her eyes crinkle. Her life is so monotonous that she sees a Blue Angel at the door as a blessing.

Cette ombre familière

L'Ange bleu Dans cet immeuble de gens nantis, je descends donc lentement l'escalier aux larges volutes, foulant de mes talons aiguille le tapis de velours, ma main nonchalante posée sur la rampe de fer forgé, ondulant des hanches, trop serrée dans un fourreau turquoise. Sur mes cheveux élargis en boucles folles et flamboyantes, un chapeau-claque un peu penché. Mes yeux sont outrageusement fardés, mes lèvres très rouges.

Ce soir, je suis l'Ange Bleu et je descends d'un pas étudié vers ma grand-mère qui attend ma visite quotidienne, ma petite grand-mère, juive et bienveillante, qui porte si bien la toilette, et qui effleure souvent de ses vieux doigts bagués, dans le désert de ses journées, son grand Pleyel. Elle espère ma venue, comme chaque soir, et je vais la surprendre. Pour une fois, je lui épargnerai le baiser rapide qui ne la comble pas et les réponses distraites à son questionnaire tendre et puéril.

Ce soir, c'est l'Ange Bleu qui sonne à sa porte. La servante, qui me connaît depuis l'enfance, vient m'ouvrir. Sa bouche s'arrondit, ses yeux se plissent. La vie est si monotone qu'un Ange Bleu sur le seuil lui semble une bénédiction. Elle rit.

She laughs. She calls Madame. Hips still swaying, legs sheathed in black and a long cigarette holder in my mouth, I head toward the dim light of the living room full of imposing furniture and wax paintings. My grandmother is dressed in black and is resting on her velours couch. She knits while she listens to the radio--a long, dull Mahler symphony. Her bluish white hair has been set in finger waves. It always has a faint, old-fashioned smell from before my time, that I like. She wears a string of pearls that a Madame Alice, the last of her kind, comes once a year to examine and restring, if necessary, in a room at the back of the apartment, under Madame's watchful eye.

My grandmother is not prepared for a Blue Angel to come swaying into her living room, sucking on a long cigarette holder. This apparition provokes a wonderful, spontaneous peal of laughter. I have dispelled her ghosts, her eyes are suddenly youthful, and for an instant she forgets her troubles, her loneliness, my father's conversion, and the madness of her son Jacques.

Cette ombre familière

Elle appelle Madame. Je me dirige, ondulant toujours, les jambes gainées de noir, un long fume-cigarette aux lèvres, vers le salon un peu sombre rempli de meubles précieux et de tableaux de cire. Ma petite grand-mère en robe noire est à demi allongée sur sa méridienne. Elle écoute la radio – une longue et ennuyeuse symphonie de Mahler – et tricote maladroitement. Ses cheveux sont crantés, d'un blanc bleuté; je sais qu'ils sentent bon : un parfum désuet, tenace, discret, qui me rappelle un temps que je n'ai pas connu, dont j'ai la nostalgie. Elle porte un collier de perles qu'une Madame Alice, dernière de sa race, vient une fois l'an vérifier, réenfiler s'il le faut, dans une chambre du fond, sous l'oeil attentif de Madame.

Ma grand-mère n'est pas préparée à voir entrer dans son salon un Ange Bleu qui tète, en ondulant, un long fume-cigarette. Cette apparition provoque chez elle un fou-rire merveilleux, inattendu : j'ai dérangé ses fantômes, elle a des yeux pleins de jeunesse, et elle oublie pour un instant ses vieilles douleurs, sa solitude, la conversion de mon père et la folie de son fils Jacques.

Dark Companion

Lending
of Keys For some reason people began lending me keys. It's not that they put much stock in what I say—— in fact, most of the time I don't say anything. But they must hear some kind of mute appeal, so that instead of giving themselves, they offer me the shelter of their dwellings.

This is how I came to have the keys to a great high–ceilinged studio on the Boulevard de Clichy. It smells of oil paint. Canvases are stacked against the wall, with the backs turned toward the room. Facing each other are two shiny black concert grands, a Pleyel and a Steinway. They intimidate and thrill me at the same time, before I even touch them.

The big bay window looks out on the Boulevard. I rest my forehead against the pane and watch the signs flashing and the dense, gray crowd on the sidewalks flowing around the gaudy prostitutes who remain sadly motionless. At the intersection the lights change from red to green, then to yellow, in an endless cycle. I count the seconds from red to green, green to yellow, yellow to red,

Cette ombre familière

Curieusement, on s'est mis à me
confier des clés. On ne m'écoute pas
beaucoup, je reste muette, d'ailleurs,
la plupart du temps. Mais il est probable qu'une
sorte d'imploration parvient jusqu'au coeur de ces
gens qui, à défaut de se donner eux-mêmes,
m'offrent leur demeure comme une escale.

Ainsi m'a-t-on prêté la clé d'un vaste atelier,
Boulevard de Clichy. Cela sent la peinture à
l'huile. Par terre, des toiles s'appuient les unes
contre les autres, dont on ne voit que l'envers ocre
brun. Deux immenses pianos à queue se font face,
d'un noir brillant, des pianos de concert, un Pleyel
et un Steinway, qui m'intimident tout en me
procurant, avant même que je ne les touche, un
sentiment de bonheur intense.

La grande baie donne sur le Boulevard. Le front
appuyé contre la vitre, je vois le clignotement
nerveux des enseignes, la foule sur les trottoirs,
glissant, compacte et grise, autour des filles
harnachées, tristes dans leur immobilité. Au
carrefour, les feux passent du rouge au vert, puis
à l'orange, et recommencent sans fin : je compte
les secondes entre le rouge et le vert, le vert et

while something in me wanders out into the overcast sky. Then I go over to the Steinway, run my hand along the smooth wood, as I do with my piano at home, and begin playing.

There, I've made the place mine. I painted these pictures. I ordered these two pianos brought in, I had to have them, because soon I'm to play a certain Bach concerto, I've made a commitment. The word doesn't frighten me now that I'm dreaming my life, now that I'm imagining my real life has begun and I'm finally in the thick of things, no longer mired in the spongy terrain of beginnings.

I stop playing and go stretch out on a bed that doesn't belong to me, for one of my brief times of lying perfectly still, to pull myself together. I look up at the blank walls and the dark beam across the ceiling. Dusk is over, night has fallen, but there is no night because the harsh lights of the city pulse through the studio.

I feel colorless. No one will ring at the door, no one I trust and love completely will come. I

l'orange, l'orange et le rouge, tandis que quelque chose en moi s'évade par–dessus le ciel bas. Puis je m'approche du Steinway, le caresse comme je caresse mon vieux piano dans le salon vert d'eau, et je commence à jouer.

Voilà, je suis chez moi. Ces toiles, je les ai peintes. J'ai fait installer ces deux pianos par nécessité, parce qu'il faut que je joue bientôt ce concerto de Bach, c'est un engagement que j'ai pris. Le mot ne me fait pas peur, en cet instant où je rêve ma vie, où j'imagine que ma vraie vie est commencée, et que je suis enfin dans l'épaisseur du développement des choses, non plus sur le terrain spongieux des commencements.

Je cesse de jouer et vais m'étendre sur un lit qui n'est pas le mien, pour un de ces quarts d'heure horizontaux où je me rassemble et dont je ne peux me passer. Je regarde les murs nus, la poutre sombre qui traverse le plafond. Le crépuscule est passé, la nuit est là, qui n'en est pas une parce que les lumières brutales de la ville se déversent par intermittences dans l'atelier.

Je me sens neutre. Personne ne sonnera à cette porte, personne n'entrera qui ait toute ma

hardly know the person who gave me the keys. I'll give them back tomorrow. I slip away . . .

Rue Descartes . . . and catch my breath, briefly, under the watchful eye of Jayavarman VII. I'll always come back there, even when Elie, probably concerned for my future, although he doesn't say so, gives me a small two-room apartment on the rue Descartes, behind the Pantheon, on the fifth floor of a building somewhat the worse for wear. The bedroom looks out on a postage-stamp courtyard where a cherry tree has managed to survive. Cooking odors waft up from below. The main room opens onto the street, the sun, the noises of the city. Verlaine died on my bedroom floor. I'm in the heart of Paris now. There are herbal remedy shops and antiquated grocery stores on my street, with proprietors to match. The bookseller on the ground floor is gay and quick-tempered. He wears a crewcut and strides around his messy shop flinging his arms about wildly. My neighbor on the fourth floor is named Madame Weber. Her mother had a bistrot a bit farther down the street,

confiance, tout mon amour. Je connais à peine celui qui m'a confié ces clés. Je les lui rendrai demain. Je fuis...

Rue Descartes ... et reprends souffle, brièvement, sous le regard de Jayavarman VII auquel je ne cesserai de revenir, même lorsqu'Elie, sans doute inquiet pour mon avenir, muet cependant sur ce sujet, m'aura offert un petit appartement de deux pièces, rue Descartes, derrière le Panthéon, au quatrième étage d'un immeuble un peu rongé. La chambre donne sur un jardin de notaire où pousse bravement un cerisier. Des odeurs de cuisine montent, où le mirepoix domine. La grande pièce ouvre sur la rue, le soleil, les bruits de la ville. Verlaine est mort sur le carreau de ma chambre. Je vis ainsi au coeur de Paris. Il y a dans ma rue des herboristeries et de vieillottes épiceries avec propriétaires adéquats. Le libraire, au rez-de-chaussée, est homosexuel et irascible. Il a les cheveux coupés en brosse, et arpente sa boutique en désordre avec des gestes de folie. Ma voisine, au troisième étage, s'appelle Madame Weber. Sa mère a tenu un bistrot un peu plus loin dans la

near the Ecole Polytechnique.The students would come to play pool and Verlaine to drink his absinth. Madame Weber says: "Monsieur Paul was always writing notes to my mother, but she didn't keep them. He lived upstairs, right where you are, Mademoiselle." Then she adds, meditatively: "He was a good poet . . . I don't understand the poetry you see nowadays. But his I never had to read twice."

Madame Weber has lived on the rue Descartes for seventy-six years and at Number 39 since 1909. Her late husband was a policeman. She feels that times have changed, that danger lurks everywhere, no neighborhood patrols now, no bicycle cops, things just aren't what they used to be, Mademoiselle. She is huge and always wears black. She lives with her son, a big, burly man about fifty years old. He has a ruddy face and round eyes and his white hair is always neatly combed. He looks like a policeman out of Courteline. I ask Madame Weber if it doesn't disturb them when I play the piano. "Oh no, not at all," she says. "My son is the classical type, you know. When you start playing, he says, 'Ah, she's playing that one,' and he listens."

rue, près de l'Ecole Polytechnique : les élèves venaient y jouer au billard, et Verlaine y boire son absinthe. Madame Weber dit: "Monsieur Paul, il lui a écrit bien des billets à ma mère, mais je les ai pas retrouvés. Il habitait au‑dessus, là où vous êtes, Mademoiselle". Et elle ajoute d'un air méditatif : "C'était un bon poète... Moi, les poèmes d'aujourd'hui, je les comprends pas. Mais les siens, j'ai pas besoin de les lire deux fois !"

Madame Weber habite la rue Descartes depuis soixante‑seize ans, et le n° 39 depuis l'année 1909. Feu son mari était dans la police. Elle trouve que les temps ont changé, que le danger est partout, plus d'îlotiers, plus d'hirondelles, quelle époque, Mademoiselle ! Elle est énorme, tout habillée de noir. Elle vit avec son fils, grand costaud d'une cinquantaine d'années, des cheveux blancs tout lisses, un visage rougeaud, des yeux ronds : c'est un gendarme de Courteline. Je demande à Madame Weber si mon piano ne les gêne pas. "Oh non, dit‑elle, au contraire. Mon fils, il est classique, vous savez. Quand vous commencez à jouer, il dit : 'Tiens, elle joue ça', et il écoute."

Dark Companion

And I sit down at the piano in the evenings with a sense that I'm always setting the stage, waiting to put on a play I still don't know.

The American Bookseller The American bookseller who has his shop near Saint Julien le Pauvre also lent me his keys. He invited me in one day during a downpour. Did he feel sorry for the cheerless face pressed against the window? I stare absently at the titles in English ; none of them really interest me. I had been wandering around the city with nowhere to go and only paused in front of the bookshop to try to get my bearings. I watch the random patterns of raindrops running down the windowpanes. Hands in my pockets, collar turned up, hair dripping, I didn't see the thin little man who suddenly opens the door, in a gust of rain.

"Come in and have a cup of tea," he says calmly.

Cette ombre familière

Et je joue le soir avec le sentiment que je passe mon temps à construire le décor, en attendant de jouer une pièce dont j'ignore toujours ce qu'elle sera.

Le libraire américain Le libraire américain qui tient boutique près de Saint Julien le Pauvre m'a, lui aussi, confié ses clés. Il m'a fait entrer chez lui, un jour de grande pluie. Est-ce compassion de sa part pour ce front triste qui s'appuie contre la vitrine ? Je regarde sans les voir les titres anglais ; rien de ce qui est là ne m'intéresse vraiment, je ne me suis arrêtée devant la librairie que pour me rassembler un peu dans cette dérive à travers la ville où je perds sens et direction. Mes yeux suivent avec soin le cheminement imprévu des gouttes le long des vitres. Les poings dans les poches, le col relevé, les cheveux dégoulinants, je n'ai pas vu s'avancer, du fond de la boutique, le petit homme maigrelet qui m'ouvre soudain sa porte, dans une rafale de vent mouillé.

"Venez prendre une tasse de thé", ordonne-t-il d'une voix douce.

I let him take me inside. The room is dark, it's almost night. The lights aren't on yet. Tight rows of books pack the walls all the way to the ceiling. They form narrow, vertical barriers and seem there to stay. Others are stacked precariously on the floor. A tentacled life seems to overflow from these bulging shelves, nibbling away at the room, closing it in with a blind, almost vegetal bulimia.

In the back of the shop are crannies and corners and recesses where lumpy couches and worn leather armchairs have been squeezed in among the books.

The bookseller walks in front of me, showing the way. I feel as if I'm descending into a grotto. Thick bindings gleam from the walls. The hum of the city has died out. Books close in around me like anxious friends.

All I see of my guide is his narrow back. He seems to be talking to himself as we move through the shop, one behind the other. Finally he stops in what must be his personal encampment. In a nook

J'attrape au vol la main qui se tend, et j'entre. La pièce est obscure, le soir tombe, le libraire n'a pas encore allumé. Les étagères montent jusqu'au plafond, où les livres serrés, agglutinés, ont trouvé leur étroite place verticale et, devenus muraille, semblent destinés à n'en plus sortir. D'autres ont été posés à même le sol en piles instables. Une vie tentaculaire semble déborder de ces bibliothèques surpeuplées, qui grignote la pièce, la rétrécit avec une boulimie aveugle et presque végétale.

Il y a au fond du magasin des ramifications, des recoins, des boyaux où s'encastrent parmi les livres des divans bosselés et des fauteuils de cuir usé.

Le libraire marche devant en guide sûr. J'ai l'impression de m'enfoncer dans une grotte où rutilent, çà et là, des reliures épaisses. La rumeur de la ville s'est éteinte. Les livres se resserrent autour de moi comme des amis empressés.

Je ne vois du libraire que son dos étroit ; il me semble qu'il se parle à lui-même, tandis que nous progressons l'un derrière l'autre. Il s'arrête enfin dans ce qui me paraît être son campement personnel. Un court divan recouvert d'un chintz

between tall columns of books is a love seat covered in faded chintz. A tiny lamp is on in a corner. Water is simmering on the hotplate. With his delicate hands, the bookseller officiates. He serves me a cup of strongly scented tea. Ordinarily I don't like tea and never drink it, but today, this bland brew is sheer nectar. My frozen hands thaw as I hold the cup and drink the burning liquid. I stare at my host's pointed goatee. I know his name is Whitman and that he's somehow related to the poet. He looks like my image of Dostoievski's Idiot--slight build, sandy red hair, and a deceptively mild manner.

"There, that's better," he says. "Drink that and then look at the books. Stay as long as you'd like. I 'm open late."

I savor the moment and don't say anything.

"What do you do on Sundays?"
I shrug my shoulders and smile.

"Then come back Sunday morning. Come open the shop around 9. I won't be here, I have to go to the flea market to look for some glasses. I broke

pâli a trouvé sa place dans une niche que rétrécissent les colonnes de livres à droite et à gauche. Une toute petite lampe est allumée dans un coin. L'eau bout sur le réchaud. De ses mains fluettes, le libraire officie : il me sert une tasse de thé très odorant. Je jouis de façon aiguë de ce thé que je n'aime pas d'ordinaire, dont je ne bois jamais ; mais en ce jour, ce liquide insipide m'est un nectar. Mes mains glacées se sont refermées autour de la tasse ; je bois et me brûle, les yeux fixés sur la barbiche en pointe de mon hôte : je sais qu'il s'appelle Whitman et qu'il est quelque peu apparenté au poète. Moi, je trouve qu'il ressemble à l'Idiot de Dostoïevsky que je me représente maigriot, blond roux et faussement doux comme celui-ci.

"Voilà qui est bien, dit-il. Buvez. Après, regardez les livres. Restez ici longtemps si vous voulez. Je ferme tard."

Je goûte l'instant présent et me tais.

"Que faites-vous le dimanche ?"

Je hausse les épaules et souris.

"Alors venez dimanche matin. Venez ouvrir le magasin vers 9h. Je ne serai pas là. Je dois aller à la Foire aux Puces pour me trouver des lunettes.

121

mine yesterday. I don't like for the shop to be closed on Sunday. It's a good day for business. Would you mind?"

His eyes are very blue, his lips thin and mobile behind his little beard.

Of course I don't mind. Life suddenly expands, becomes light and full of meaning. Yes, I'll come. I don't have anything in particular to do Sunday. I'll keep the shop happily, gratefully, devotedly.

The bookseller gets up and opens the top drawer of a little wooden chest.

"Take the key now. I'll show you how to open the metal shutter."

We leave the back of the grotto and the smell of tea, and return to the front of the shop, the city, the sounds, the rain. A few late customers are browsing among the books; some, obviously regulars, are sprawled on couches, reading. Night has fallen.

"The price should be marked on the inside cover. If you're not sure, I'd rather you didn't sell. Ask the customer to come back later."

He opens the door for me.

J'ai cassé les miennes hier. Ca m'ennuie que la librairie soit fermée le dimanche : je vends beaucoup, ce jour–là. Vous voulez bien ?"

Ses yeux sont très bleus, sa bouche est mince, mobile sous la barbiche.

Bien sûr, je veux bien. La vie se gonfle soudain, devient légère et pleine de sens. Oui, je viendrai. Je n'ai rien à faire de spécial dimanche. Je garderai le magasin avec bonheur, avec reconnaissance, avec dévotion.

Le libraire se lève, va chercher une clé dans le tiroir supérieur d'un petit chiffonnier de bois sombre.

"Prenez–la maintenant. Je vais vous montrer comment on ouvre le volet de fer".

Nous quittons le fond de la grotte et son parfum de thé pour revenir à l'air libre, côté ville, côté rumeurs, côté pluie. Quelques clients attardés musardent parmi les livres ; certains, avec une désinvolture d'habitués, se vautrent sur les divans, absorbés dans leur lecture. La nuit est tombée.

"Le prix est, en principe, marqué sur la page intérieure. Si vous n'êtes pas sûre, ne vendez pas. Je préfère. Dites qu'on revienne."

Il m'ouvre la porte.

"See you Sunday, then." I walk off in the rain, holding onto a key in my pocket.

For a time at least, Sunday will shed its milky color.

On the appointed day, the sky is rose and gray, the city fresh, barely stirring. I arrive at the bookshop--my shop for a few hours. Across the Seine, Notre Dame is just beginning to glow in the pale winter sun. There aren't many people out; it's early. I open the door and am greeted by a delicious whiff of old paper and dust. I light the stove. It smokes a little, but starts up easily, to my amazement. The metal shutter is up, the books displayed in their dark green boxes out on the sidewalk. So everything is ready. I go from couch to chair, trying them all out, wandering through the narrow passageways of the shop, leafing through an occasional book, always listening for the wind chime that rings when someone comes in the door.

I settle in near the stove, trying to look as if I belong here. Once again I dream that I've put all this in place, that this is my life, I've been here for thirty years, maybe more, all the customers are my

Cette ombre familière

"Alors, à dimanche". Je m'en vais sous la pluie, ma main serrant une clé au fond de ma poche.

Le dimanche va perdre, pour un temps, sa couleur de lait.

Au jour dit, le ciel est rose et gris, la ville est tendre, encore recroquevillée au sortir de la nuit. J'arrive devant la librairie qui est mienne pour quelques heures. Notre-Dame, de l'autre côté de la Seine, commence à prendre des teintes d'or pâle en ce matin d'hiver. Les passants sont rares ; il est tôt. J'ouvre la porte, une odeur de vieux papier et de poussière m'envahit délicieusement. Il faut allumer le poêle qui fume un peu mais se laisse faire, à mon grand étonnement. Le volet de fer est levé, les livres installés dans leurs boîtes vert sombre à l'extérieur, sur le trottoir. Et voilà. Je vais de divan en fauteuil, je les essaie tous, je suis les méandres de la boutique, feuillette un livre ici et là, l'oreille tendue pour entendre le carillon chinois de la porte qui salue chaque entrée.

Je m'installe près du poêle avec des poses d'habituée, je rêve une fois de plus que tout ceci est mon oeuvre, ma vie, que je suis là depuis trente ans, peut-être plus, que tous mes clients

friends, it's been a long time since I was alone.

Ten people came into the shop that day, shivering from the cold, in no hurry to leave. Toward evening, when Whitman rides up on his heavy Dutch bicycle, he has on a pair of round, metal-framed glasses. He discovers that I've sold a rare edition of *Nursery Rhymes,* with fine color illustrations, for almost nothing. My euphoria instantly drains out, because I read 9 francs instead of 90. I'm back with my wavering self that I abhor. I promise the bookseller I'll make up my mistake by bringing him a somewhat similar edition from home.

He smiles and squeezes my shoulder gently.
"I'll be right back, I'm going next door to pick up our dinner."

He goes out again and returns shortly, carrying a carafe of white wine, a jar of butter, and a platter heaped with oysters, lemon wedges, and slices of brown bread.

sont mes amis, que la solitude n'existe plus depuis longtemps pour moi.

Ce jour-là, dix personnes transies et peu pressées sont entrées dans le magasin. Lorsque Whitman revient, vers le soir, raide sur son lourd vélo hollandais, il a sur le nez des lunettes rondes cerclées de métal. Il constate que j'ai vendu pour un prix dérisoire une édition rare de *Nursery Rhymes* ornée d'exquises vignettes colorées. Toute mon euphorie me quitte d'un coup parce que j'ai lu 9F au lieu de 9OF. Je reviens à ce moi incertain qui m'est insupportable. Je promets au libraire de lui apporter en compensation une édition un peu similaire que j'ai à la maison.

Il sourit et me rassure d'une pression de main sur l'épaule.

"Attendez un instant, je vais chercher notre dîner".

Il ressort, pénètre dans la brasserie voisine, et revient peu après, porteur d'un plateau étonnant : je vois un monceau d'huîtres, entourées de tranches de pain bis et de citrons, un petit pot de beurre, un carafon de vin blanc.

"They give me this every Sunday evening at the brasserie. They're very nice people. Stay and eat with me."

We go back into the grotto, and there, with my silent host, I eat oysters, which normally I claim are against my religion--meaning that I find them nauseating and always refuse to eat them. Once again, my aversion vanishes and I feast on this platter with sheer delight.

That year, I opened the bookshop several times on Sunday mornings.
And then things unraveled, took place less frequently, as things do, until finally nothing was left but a memory.

For me, tea and oysters still have the taste of winter and late afternoons when darkness has already come; I don't like them any more than I ever did, but on very rare occasions, to mark the uniqueness of the moment, I turn to them, as to instruments of celebration.

"On me donne ça le dimanche soir à la brasserie. Ce sont des gens très aimables. Vous partagerez avec moi."

Nous nous dirigeons à nouveau vers le fond de la grotte, et là, en compagnie de mon hôte qui se tait, je goûte à ces huîtres dont je prétends habituellement qu'elles sont contraires à ma religion, ce qui, en d'autres termes, signifie que je les ai en horreur et que je n'accepte jamais d'en manger. Cette fois encore, je n'ai aucun mal à surmonter mon aversion, et ce plateau m'apparaît comme un repas royal que je savoure avec un absolu abandon.

Cette année-là, j'ai ouvert la librairie à plusieurs reprises, le dimanche matin.

Et puis, les choses, comme toutes choses, se sont effilochées, espacées, jusqu'à n'être plus qu'un souvenir.

Le thé et les huîtres ont gardé pour moi ce goût d'hiver et de fin d'après-midi déjà obscure ; je ne les aime pas davantage, mais il m'arrive d'y recourir, en de très rares et très spécifiques occasions, comme à des instruments de célébration.

Dark Companion

The Boutique
Verte Years after the war, I can still hear the echo of wooden galoches clattering down the steep asphalt river of our street. When I've lost all purpose in reading my Russian books and feel aimless, already weighed down by a life I desperately want, that still eludes me, that I put off launching into year after year, hanging back for fear of the unknown, the safety of the Boutique Verte beckons a little farther down the street, its warm lights unexpected in the dull gray of the apartment buildings.

In late afternoons more than at any other time of day, when I'm painfully aware of how much time I waste and how remote I feel from the busy, purposeful, industrious life of other students at the Sorbonne, in late afternoons when winter matches my mood, when my heart is empty and tears barely contained, I hurry toward the Boutique Verte, where I'll find my old friend Madame Vivien. She has great admiration for my family and says so every time she sees one of us. Her dark eyes shine and emotion colors her voice. For

Cette ombre familière

La rue est en pente, rivière d'asphalte qui résonne encore pour moi du clapotis sonore des galoches d'après-guerre. Un peu plus bas, la Boutique Verte brille, inattendue dans la grisaille des immeubles, abri maternel et ingénu vers lequel je me hâte volontiers lorsque, renâclant à lire mes livres de russe dont je ne sais où ils me mènent, je reste désoeuvrée, sentant déjà le poids de cette vie à venir qu'il me sera donné de vivre, dont j'ignore tout, au seuil de laquelle je me suis arrêtée, différant d'année en année un embarquement incertain, terrifiant et désiré.

En ces fins d'après-midi où j'ai conscience, plus qu'à tout autre moment de la journée, que je perds beaucoup de temps, et que la vie agitée, compacte et scrupuleusement laborieuse des étudiants que je côtoie en Sorbonne, m'est totalement étrangère, en ces fins d'après-midi où l'hiver couronne mon humeur, où le coeur est vide, et proches les larmes, je me dirige vers la Boutique Verte où règne ma vieille amie Madame Vivien. Elle a pour ma famille une immense admiration à laquelle elle donne libre cours, avec un éclair noir dans les yeux, et de la passion dans la voix,

131

a few minutes I feed on the crumbs of her esteem for us.

When I open the door to her shop, I know she'll be there, always stylish in a simple jersey, her face strikingly made up, her straight black hair cut very short, with long bangs. She'll be standing there, as she always is, ready to welcome me, among the basketfuls of intriguing little objects waiting to be marveled at by fascinated children.

The Boutique Verte was once a reading room for young people. My brother and I used to walk down there holding hands, two redheads with thin legs. We loved the smell of the books and were thrilled at knowing we could pick whatever we wanted and take it home with us. Monsieur Vivien, a man considerably older than his wife, treated us with impeccable courtesy. He'd lean down to me solicitously: "May I offer you my advice, Mademoiselle? You wouldn't enjoy that book. This one, however, was written for you.

chaque fois qu'elle rencontre l'un d'entre nous. Je recueille les miettes de ce sentiment fort qu'elle nous porte, et m'en nourris quelques instants.

Quand je pousse la porte de son magasin, elle est là, avec son maquillage éclatant, ses cheveux noirs et lisses coupés très courts, une frange qui tombe bas sur le front, un ensemble de jersey parfaitement élégant, sa voix qui m'aime bien. Elle est là, debout toujours, au milieu des petites merveilles incongrues qui attendent, accumulées dans des paniers, que s'attarde sur elles l'oeil ébloui des enfants.

Il y a bien longtemps, la Boutique Verte a été un cabinet de lecture pour la jeunesse. Mon frère et moi y venions, tout petits, la main dans la main, avec nos chevelures rousses et nos jambes maigres, et nous respirions avec délectation l'odeur des livres, immensément émus à la pensée que nous pouvions choisir et emporter ce qu'il nous plairait. Monsieur Vivien, bien plus âgé que sa femme, était d'une courtoisie exquise ; il se penchait vers moi, attentif, entièrement disponible : "Puis-je vous donner mon avis, chère Mademoiselle ? Ce livre ne vous plaira pas. En revanche, celui-ci fera votre bonheur. Vous

If you'd be so kind as to give me your opinion of it the next time you're in, I'd be ever so grateful."

I can still see the rows of deliciously fragrant books, and when I come into the shop, the old pleasure washes over me like a sea breeze hailing a traveler impatient to set sail.

"Ah, there you are, my dear," Madame Vivien says to me, enunciating every syllable. "How are you? I saw your brother the other day. What brains, and good looking too! He'll go far, you know." Then she adds, affectionately: "He comes by it naturally, with parents like yours. . . . Listen, do you think you could take over for awhile? I need to go work on my bills. People start coming in about now. If you have any problems, ring me upstairs."

Upstairs is an exquisite apartment done in blues and grays, with wing chairs, soft fabrics, warm light, and charming little objects that are all birds: porcelain birds, sculpted birds, bird teapots, bird salt shakers, bird vases, embroidered birds, bird

voudrez bien, peut-être, me dire ce que vous en aurez pensé, à votre prochaine visite ? J'en serais heureux".

Les rangées de livres odorants, en filigrane invisible, sont toujours là pour moi, et je ressens encore, à humer l'air de la boutique, la joie qui m'envahissait autrefois à leur vue, semblable à celle du voyageur impatient de lever l'ancre.

"Ah, te voilà, ma fille (chaque syllabe est clairement martelée). Comment vas-tu ? J'ai vu ton frère l'autre jour. Quelle intelligence, et qu'il est beau ! Il ira loin, tu sais." La voix se fait affectueusement agressive pour ajouter : "Il a de qui tenir, avec un père et une mère comme les vôtres.... Dis, si tu pouvais rester un peu, ça m'aiderait. Il faut que je monte chez moi un moment, j'ai des factures qui m'attendent. Installe-toi. C'est l'heure où les gens arrivent. Si tu as un problème, tu me sonnes là-haut."

Là-haut, c'est une bonbonnière grise et bleue, remplie de fauteuils volantés, de tissus doux, de chaudes lumières et de petits objets charmants qui sont tous des oiseaux : oiseaux de porcelaine ou de bois peint, oiseaux-théières, oiseaux-salières, vases oiseaux, oiseaux brodés, oiseaux-boîtes à

music boxes. In the library, all the books are about birds. In an ornate white cage, two parakeets seem perfectly content. One can see that Madame Vivien is far more devoted to birds than to the children for whom she keeps shop. She knows everything about winged creatures and once a year, quietly slips off to learned ornithological congresses.

She leaves me alone in the narrow, brightly lit shop where everything radiates childhood and every object has been seriously, rationally chosen for its magical powers. I walk around the crowded aisles touching things gently. I love everything here: Japanese flowers, strange candles, brain teasers, decorated stationery that makes you want to write letters, lacquered boxes, spooky masks, colored sequins, balloons that blow up into whimsical shapes, little flowered platters by Russian folk artisans, Christmas tree ornaments, intricate English puzzles. The everyday ambience in the Boutique Verte makes

musique. Dans la bibliothèque, tous les livres parlent d'oiseaux. Derrière les barreaux blancs d'une volière arabesquée, deux perruches s'embrassent avec un petit air heureux. Car Madame Vivien aime les oiseaux bien davantage encore que les enfants pour qui elle tient boutique. Elle sait tout sur la gent ailée, et s'en va discrètement une fois par an rejoindre de savants rassemblements ornithologiques.

Je reste seule dans cet espace étroit, gorgé de lumières, où tout a les couleurs de l'enfance, où le moindre objet exposé a été sérieusement, raisonnablement choisi en fonction de son pouvoir magique. Je vais le long des allées encombrées, effleurant chaque chose d'une main tendre. J'aime absolument tout ce qui se vend ici, les fleurs japonaises, les bougies insolites, les casse-tête, les papiers à lettres décorés qui donnent envie d'écrire, les boîtes laquées, les masques délirants, les paillettes colorées, les ballons qui prendront une forme surprenante à mesure qu'on les gonfle, les plateaux russes, les scintillants de Noël, les puzzles anglais. On se sent, dans la Boutique Verte, au centre de

any metamorphosis seem possible and magic almost commonplace.

The world outside the shop is dark and wet. As I watch with interest, the door opens on a curious mix of people.

The first is a woman with aristocratic features and red, chapped hands. Her face is a little sad and her skimpy coat too light for the season. I know her. She has several children and comes from a famous family of the titled nobility. Her weariness is discreet, her real life hidden.

The next customer needs a gift for her former cook, an old woman who reads nothing but fairy tales and has already read virtually every one there is. Would I have any suggestions?

Then a woman who takes over the minute she comes in. Her mink coat shines in the bright lights of the shop. Her accent is cultured, her manner confidential. She asks to be shown toys for the children of the couple who farm her land. "They're coarse people. You know the sort. I don't want to spend over twelve francs on each one. This is the last time I'm giving them anything for Christmas. I've been too generous already . . .

métamorphoses possibles, de magies presque banales tant elles collent au quotidien.

La porte s'ouvre sur un monde noir et mouillé, pour laisser entrer une humanité très diverse que j'observe avec curiosité.

D'abord, une femme aux mains rouges et gercées, au visage fin, un peu triste, revêtue d'un manteau léger pour la saison et mal coupé. Je la connais. Elle a beaucoup d'enfants et porte un nom illustre accompagné d'un titre de noblesse. Sa fatigue est discrète, inaccessible sa vérité intime.

La cliente suivante vient pour son ancienne cuisinière, une vieille femme qui n'aime que les contes, et qui, en ce domaine, a pratiquement tout lu. Aurais-je une idée ?

Puis entre un être qui, brutalement, prend possession des lieux. Le manteau de vison luit sous les lumières de la boutique. Avec une voix étudiée qui sombre à tout moment dans la confidence, on demande à voir des jouets pour les enfants de son fermier : "Ce sont des êtres frustes, vous comprenez, je ne veux pas dépasser douze francs par babiole. D'ailleurs, c'est la dernière année que je leur donne quelque chose pour Noël.

Oh no, that book is too good for a country child."

A little brown-eyed boy comes in with ten people to buy for and fifty francs in his pocket. Candles would be fine, he says, if one could be shaped like a bottle of pastis. I'm won over. Please let me find a candle shaped like a bottle of pastis. I begin searching a crowded shelf. The child suddenly points to a candle: "I'll take that one, please," he says. I'm off the hook.

I dip eagerly into my horn of plenty, looking for the perfect gift for everyone--the Countess's brood, the little country children, the former servant. The moment requires no effort. This kingdom is mine until my old friend comes down and reclaims it. Which she does, and I go out into the December night, back up the street, my heart brimming with a warmth that will last however long it lasts. I have no illusions and know that the Boutique Verte is powerless against the old darkness.

Cette ombre familière

Pure gentillesse de ma part, vous savez... Non, ce livre est trop beau pour un petit paysan !"

Survient un garçonnet aux yeux bruns qui a cinquante francs en poche et dix personnes à combler. Des bougies feraient l'affaire, dont une nécessairement devrait avoir la forme d'une bouteille de pastis, précise-t-il. Je suis subjuguée. Je prie les petits dieux de la boutique de me faire trouver une bougie en forme de bouteille de pastis sur l'étagère encombrée que je bouscule passionnément. Je suis de toute évidence exaucée, car l'enfant m'arrête d'un geste: "Donnez-moi celle-là, s'il vous plaît".

J'ai entre les mains une corne d'abondance, et m'emploie joyeusement à trouver le cadeau idéal pour cette nombreuse tribu, pour les enfants de la Comtesse, pour les petits fermiers et pour l'ancienne servante. L'instant est facile, ce royaume est mien jusqu'au retour de ma vieille amie dont je finis par prendre congé. Je m'engouffre dans la nuit de décembre, remonte la rue, le coeur plein de scintillements qui dureront ce qu'ils dureront ; je ne me fais pas d'illusions et sais que la Boutique Verte est impuissante à combattre les sombres djinns qui me possèdent.

Dark Companion

Rue de
la Harpe Sometimes an urge will take hold of
me and spirit me off across the city,
my whole being suddenly drawn to a
rose flagstone stairway leading up to my only true
refuge. Behind this door is the sky. Once again, I
have been given a key. This one I use only as a
last resort, when I'm weary of talk, weary of
awkward silences and time on my hands, and want
nothing so much as to gaze up through a skylight.
Where I'm going will be a kind of angel, my
guardian for a time. If the angel is out, her
delegates will be there in her stead: the
sandlewood incense, the wicker furniture, the soft
rose—colored sheets that are reserved for me and
that I love, the seven—branched candlelabra, the
Russian and Chinese dictionaries, St. Thomas and
St. Paul on the bookshelves, notes on the Church
fathers and Confucius spread out on the desk. The
minute I set foot in this room, I feel steadied,
centered, anchored.

Cette ombre familière

Rue de la Harpe Parfois des vents se lèvent en moi, qui me mènent à travers la ville, soudain sûre de ma destination, vers cet escalier de tomettes roses en haut duquel m'attend mon seul vrai refuge. Le ciel est derrière cette porte. Cette fois encore, on m'a confié une clé, dont je n'use qu'en dernier recours, lorsque, lasse des étincelles, des faux silences, et des heures incertaines, je n'ai plus qu'un désir : voir le ciel à travers une lucarne. Là m'accueille une manière d'ange que, de toute évidence, on a chargé pour un temps de veiller sur moi. L'ange, s'il est absent, aura passé la consigne aux bâtonnets de santal, aux meubles de rotin, aux draps roses qui me sont réservés et dont j'adore la douceur, au chandelier à sept branches, aux dictionnaires de chinois et de russe, à St Thomas et à St Paul sur les étagères, aux Pères de l'Eglise et à Confucius qui reposent en petites fiches sans nombre sur le bureau. Sitôt arrivée dans cette pièce aérienne, je me sens étayée, élevée, ancrée.

143

Dark Companion

The angel on the rue de la Harpe has the face of Botticelli's *Spring*. Her hair is the crown of flowers and leaves, and her clear eyes and hint of a smile calm my anguish. But behind this solid, radiant strength, I sense another face, an austere lining inside the festive garment, the John the Baptist of the St. Barnabus retable. The curls that frame the hidden face have no floral vitality, the heavy eyelids droop in weariness and ecstasy, the sensuous lips are bitter from having cried in the wilderness. The angel on the rue de la Harpe has this double face, luminous and stern.

From her I learn astonishing things: that sleep is a sweet surrender to God's arms, not a waste of time; that at the instant of waking, an instant pure and untouched by the past, we can create new worlds, erase everything and make a fresh beginning. Haunted by dreary dawns and unbearable beginnings, I listen to these things and store them away.

And yet the dark side continues to attract me. I leave the high room and, with a halting step,

Cette ombre familière

L'ange de la rue de la Harpe a le visage du Printemps, peint par Botticelli. Ses cheveux appellent le diadème de fleurs et de feuilles, son sourire esquissé et ses yeux transparents sont pour moi lieux de repos. Mais au-delà de cette force sûre et belle, je discerne un autre visage, doublure austère à l'intérieur du vêtement de fête, le visage de Jean le Baptiste dans le retable de St Barnabé : les boucles sont ici dépourvues de tout ruissellement végétal, les paupières lourdes se ferment à demi sur un regard fatigué et extatique, les lèvres ourlées sont amères d'avoir crié dans le désert. L'ange de la rue de la Harpe a ce double visage, lumineux et sévère.

De lui j'apprends des choses étonnantes : que le sommeil est un tendre abandon dans les bras de Dieu, non une perte de temps ; que chaque réveil est un moment où liberté nous est donnée de tout effacer pour tout recommencer, un moment pur, détaché du passé, qui fait appel à nos talents de créateurs du monde. Moi pour qui les aubes sont navrantes et les commencements insupportables, j'écoute cela que plus jamais je n'oublierai.

Cependant, le côté sombre des choses continue de m'attirer. Je quitte la chambre haute, et c'est

return to the city streets, the earthly part of me weak, as St. Thomas says, from having known the sweetness of God.

Incarnations   As a very young child, I thought I could hear the wax figures of Suffering and Sorrow crying out silently from their velvet–lined cases on a living room wall.

Later, when I'd leave the cloying warmth of the apartment and venture out into the streets, eager but still uncertain, ranging more widely, steeling myself to breathe a more bracing air, I'd see these white figures in the flesh on the sidewalks.

Who is the man dressed respectably in gray, so proper and drab he'd be invisible if it weren't for the incongruous guitar in his hands––is he Suffering or Sorrow? People skirt him and move on, preoccupied, pitiless, indifferent. The current breaks as it approaches him and then converges

d'un pied boiteux que je m'en retourne dans les rues de la ville, car, dit St Thomas, lorsqu'on a connu la suavité de Dieu, on reste faible du côté qui s'appuie sur le monde.

Incarnations   Toute petite, il me semblait entendre le cri muet de la Souffrance et de la Douleur, figures de cire sur fond de velours, derrière leur vitre, au mur d'un salon.

Plus tard, quand les rues m'ont accueillie au sortir d'un appartement trop doux, trop chaud, quand j'ai voulu, pour m'éprouver, respirer un air plus dur, quand j'ai commencé à errer avec bonheur et incertitude, j'ai souvent revu, incarnée sur un trottoir, l'une ou l'autre de ces blanches figures.

Souffrance ou Douleur, quel nom a-t-il, cet homme convenablement vêtu de gris, si correct, si terne qu'il en deviendrait invisible, n'était cette guitare incongrue dans ses mains. Les gens passent, soucieux, distraits, leur flot se répartit équitablement autour de l'homme, devant, derrière, sans pitié ni curiosité, comme l'eau qui

again, like water parting around a worn stone. He sings so softly his voice is inaudible. His white fingers slide along the strings of the guitar, but no sound seems to come out. He's a silent musician in the din of the street. I stop, I want to talk to him. Suddenly he raises his pallid, waxy face from the crowd, opens his mouth, and says to me in a piercing voice, "God bless you!", and makes a broad sign of the cross in the air. Then his head drops onto the battered wood of the guitar and he becomes all but invisible again.

And who is the woman in garish make-up waiting for the bus on the Boulevard? Her coat is tight, probably too small for her. Strands of gray hair straggle out from under her dull scarf. I'm mesmerized by her mouth. It is blood-red and on some relentless private cue, spews out a strange, hoarse cry. Three policemen are also waiting for the bus. The woman will probably stay on the wet sidewalk and let the bus leave without her. People are pleasantly scandalized. They stop and stare at her briefly, a little uneasy. "Don't worry, she's not

heurte un galet poli. Il chante doucement, mais on n'entend pas sa voix. Ses doigts blancs glissent sur les cordes de la guitare, mais aucun son ne semble en sortir. C'est un musicien muet dans le vacarme de la rue. Je m'approche. J'ai envie de lui parler. Il lève soudain vers moi son visage blême, bouche ouverte, figure de cire parmi la foule et me crie d'une voix étonnamment aiguë: "Que Dieu vous garde !" en traçant dans l'air un large signe de croix. Puis, sa tête retombant sur le bois abîmé de la guitare, il redevient presque invisible.

Et cette femme violemment maquillée qui attend l'autobus sur le Boulevard, quel nom lui donner ? Son manteau est serré, probablement trop étroit ; des touffes de cheveux grisâtres s'échappent du foulard sans couleur. C'est à la bouche que je veux en venir, une bouche rouge sang d'où jaillit, à intervalles rapprochés et réguliers, un cri bref, très complexe, très rauque. Trois policiers attendent eux aussi l'autobus. Il est probable qu'elle n'y montera pas, qu'elle restera sur le trottoir mouillé. Les gens s'arrêtent un instant pour la regarder, un peu gênés, agréablement scandalisés. "C'est une vieille

all there," one of the policemen says as he steps up into the warm light of the bus. The woman remains where she is. She rummages nervously in her purse. She blurts out her cry like clockwork, an absolutely blank cry that expresses nothing. Her eyes stare vacantly. No one else sees the emptiness yawning between her and more solid ground.

Now, in my street, a man in a filthy gabardine raincoat passes by at the same time every day. He could be any age. He takes tiny steps, always carries an empty shopping bag, and tips his hat and smiles when he sees me. All his teeth are black. He speaks in a hushed voice and breathes between syllables, with a slight hiss. I can hardly hear him. What comes out of his mouth is completely unintelligible. The mute cry is still there, has always followed me, even here under the cherry trees that line the sidewalks, in this neighborhood where madness seems out of place, yet walks the streets every day at the same time, carrying a shopping bag--Sorrow down from the

folle", annonce d'une voix sonore l'un des policiers avant de sauter dans la chaude lumière de l'autobus. La femme reste là. Elle fouille dans son sac, avec une nervosité saccadée. Elle jette son cri – sa mécanique est ainsi réglée – un cri qui n'exprime rien, un cri absolument blanc. Ses yeux gardent une fixité de statue, contemplant un vide d'elle seule connu, qui l'empêche d'aborder à des rivages plus sûrs.

Aujourd'hui, dans ma rue, passe chaque jour, aux mêmes heures, ce petit homme sans âge dont le manteau de gabardine est d'une saleté immonde. Il marche à pas étroits, toujours porteur d'un cabas vide, soulève son chapeau lorsqu'il me voit, sourit : toutes ses dents sont noires. Il parle à voix basse, reprend haleine entre deux syllabes avec un sifflement un peu chuintant. J'entends à peine ce qu'il me dit, ce qui sort de cette bouche est tout à fait incompréhensible : le cri muet est encore là, il m'a toujours suivie, même ici sous les cerisiers roses qui bordent les trottoirs, dans ce quartier où la folie ne semble pas de mise, où, cependant, chaque jour, elle monte et descend la rue à heures fixes, un cabas à la main, Douleur descendue de son cadre, Souffrance ayant pris

glass case, Suffering out among us, their mouths open in silence, in the eternal plea for compassion.

The Circus   A ragtag circus has set up in the neighbor's field. The red and yellow stripes of the rickety tent defy the modesty of the enterprise. At the entry, a skittish lama circles his stake. Nearby are two overfed ponies, a monkey with a bloody rump, and a deformed dwarf goat; then the man with a whip who runs the show, the woman behind the scenes, and three children in soiled ruffs and baggy trousers. The youngest, a little girl, is about three, and the oldest can't be more than ten. They have been haphazardly trained as clowns. There is also a muscle man who, we are told, will perform feats of stunning prowess.

In the splendor of the sunset, loudspeakers rally spectators into the big top, to the astonishment of the hundred–year–old chestnut trees in the surrounding woods.

forme humaine, bouche ouverte en silence dans cet éternel appel à la compassion.

Le cirque   Un très petit cirque s'est installé sur le pré du voisin. Les rayures jaunes et rouges du chapiteau bancal tentent de faire oublier de façon éclatante la modestie de l'événement. A l'entrée, un lama craintif et nerveux tourne autour de son piquet. Non loin, deux poneys trop nourris, un singe au derrière sanglant, une chèvre naine contrefaite ; et puis l'homme au fouet qui mène la barque, la femme à tout faire, et trois petits enfants que l'on a affublés de collerettes un peu sales et de culottes bouffantes. La plus jeune a trois ans, l'aîné guère plus de dix. On leur a vaguement appris le métier de clown. Il y a aussi un être tout en muscles dont on augure quelques prouesses spectaculaires.

Dans la splendeur du soleil couchant, le petit cirque rameute son monde à grands renforts de haut-parleurs. Les châtaigniers centenaires du bois voisin s'étonnent.

A few people have climbed up onto the bleachers. Bales of straw enclose a patch of green grass in the center of the ring. Julia, the old woman who owns the field——and all the adjoining land——has sat down beside me. She's known me since I was a child. Now she comes up to my shoulder. Her hair used to be so blond it was almost white; the white has turned a dirty gray. She has pale eyes and is dressed in black. Her husband died a month ago.

Her children and grandchildren made her leave her farm and her grief to come see the circus.

"They said, 'Go on, it'll take your mind off things,' so I came. You know, René died quickly, he didn't suffer much . . .

"Let's have a round of applause for the pony Rimsky Korsakoff, ladies and gentlemen. Louder, let me hear you, louder, we need your help . . .

"One of his vocal cords was paralyzed. For two months he hardly spoke at all . . .

"The nanny goat is balking! She's let us down! Let's hear the applause anyway, ladies and gentlemen! The poor thing is tired, you have to make allowances.

Cette ombre familière

Quelques personnes ont pris place sur les gradins. Le rond d'herbe verte au milieu est délimité par un muret de ballots de paille. A côté de moi s'est assise la vieille Julia, propriétaire du pré, et de toutes les terres alentour d'ailleurs. Elle m'a connue petite fille et me tutoie. Elle m'arrive à l'épaule, ses cheveux ont été d'un blond presque blanc. Aujourd'hui, le blanc semble gris sale. Elle a des yeux pâles, est habillée de noir. Son mari est mort il y a un mois.

Ses enfants et petits-enfants l'ont obligée à sortir de sa ferme et de sa douleur pour aller voir les gens du cirque.

– Ils m'ont dit : "Eh ! ça te distraira !" Alors je suis venue. Tu sais, le René, il est mort vite, sans trop souffrir...

– On applaudit très fort le poney Rimsky-Korsakov. Plus fort, cher Public, plus fort, nous avons besoin d'être encouragés...

– Il avait une corde vocale paralysée ; depuis deux mois il ne parlait presque plus...

– La chèvre ne veut pas ! La chèvre fait des caprices ! On applaudit quand même, cher Public! Elle est fatiguée, la petite bête, il faut comprendre.

"He wasn't afraid of death. I don't think he even gave it a thought. It just slipped up on him, he didn't hear anything coming.

"And now we have Brigitte Bardot in person, an accomplished horsewoman riding on Rimsky Korsakoff's back! Look at our lovely little monkey, ladies and gentlemen, let's hear it for Brigitte! Louder, louder, you can do better than that!

"My sister from 'Land's End,' you know where her farm is? She came with her mongoloid daughter, and her sons, and her son's boys. It was a houseful. You have to keep your spirits up. Life goes on . . .

"Silence, please, we must have silence for the daring, extraordinary, unique act by the Man of Steel! He sleeps on a mattress stuffed with crushed glass. Yes, ladies and gentlemen, crushed glass! You'll see for yourselves . . .

"I touched his cheek. It was cold. I started screaming, you know? When the doctor came, he told me there was no point in screaming, my husband was dead. But I couldn't help it, I didn't know what I was doing."

Cette ombre familière

– Il n'avait pas peur de la mort, je crois qu'il n'y pensait même pas. Elle est venue à lui en douce, il ne l'a pas entendu arriver.

– Et voilà Brigitte Bardot en personne, notre petite guenon, belle et savante cavalière, sur le dos de Rimsky-Korsakov. Admirez, cher Public, la grâce de Brigitte. On applaudit très fort, beaucoup plus fort !

– Ma soeur du "Bout du Monde", tu sais bien où est sa ferme ? Elle est venue avec sa fille qui est mongolienne, et puis avec ses fils, et les fils de ses fils. Ca faisait beaucoup de monde. De la gaieté après la mort. Il faut bien vivre...

– Et maintenant, cher Public, silence ! Il faut du silence pour l'exploit exceptionnel, dangereux, unique que va accomplir l'Homme d'Acier. Il passe ses nuits étendu sur un matelas de verre pilé. Oui, Messieurs et Dames, du verre pilé ! Et il va vous le prouver...

– J'ai touché sa joue : elle était froide. Je me suis mise à crier, tu sais. Un docteur est arrivé ; il m'a dit : "Mais il ne faut pas crier, ma pauvre dame, il est mort votre mari". Et je criais, je ne savais plus ce que je faisais.

157

Dark Companion

The little three-year-old girl has been urged forward by the man with the whip. She goes through the contortions she has been taught, then blows awkward kisses to the crowd.

The show ends. The sky is still light, with long trails of black clouds. The bright stripes of the tent fade into the falling darkness, and the widow heads slowly home, a shadow blind and deaf to everything but Death, now her familiar companion.

The Donkey Ride

The road is white with heat. The drought drags on, the earth cracks, the cicadas are deafening. I've borrowed our neighbors' donkey and ridden slowly across the ridge that divides their farm from Barbarande. The fields smell of lavender, elderberries, and mown grass. An occasional whiff of honeysuckle swirls around me, stunning me with happiness. I hold the donkey to a very slow gait so I can close my eyes. Now and then I open them halfway to see our

Cette ombre familière

La petite de trois ans s'est avancée, poussée par l'Homme au fouet. Elle se contorsionne comme on le lui a appris, et envoie des baisers sans grâce au public.

Le spectacle est terminé. Le ciel est toujours flamboyant avec de longues traînées de nuages noirs. Les rayures vives de la tente se fondent dans la nuit tombante, et la veuve s'en retourne lentement, ombre aveugle et sourde à tout ce qui n'est pas cette Mort désormais familière.

Chevauchée   La route est blanche, elle suinte la chaleur. Il fait sec depuis trop longtemps, le sol se craquelle, les cigales sont assourdissantes. J'ai emprunté leur ânesse à nos vieux voisins, et j'ai parcouru très doucement l'étendue de plateau qui sépare leur ferme de Barbarande. La campagne sent la lavande, le sureau, l'herbe coupée ; parfois une bouffée de chèvrefeuille m'enveloppe, me transporte, me fait chavirer de bonheur. J'impose à mon ânesse une allure très lente, je puis ainsi fermer les yeux. Je les entrouvre de temps à autre

159

shadows bumping along over the stones in the road. I let my thoughts drift. Sometimes I look up at the unbroken stillness of the sky and wander away from the person called Bab. With a little distance, my thoughts suddenly accelerate, as if making up for the time I waste struggling with the perpetual self–consciousness that nags at me. The donkey is barely moving.

Lulled out of myself, I return to my neighbors in the shimmering heat of late afternoon.

The two of them are sitting in the shade of a cedar tree. It's the first time I've ever seen them idle, their hands in their laps––big, rough, calloused hands helpless with inactivity. Dressed in black and gray, they're resting with their backs straight, regal in this harsh land of theirs. They look at me with great kindness. A potbellied cousin or nephew is slouched beside them asleep, like Breughel's peasant snoring on a full stomach.

pour voir nos deux ombres cahoter sur les pierres
devant nous. Je laisse mes pensées vaguer ;
parfois, levant les yeux vers l'unité immobile du
ciel, je m'éloigne un peu de l'être Bab, je prends
de la distance, mes pensées vont soudain très vite,
comme pour rattraper le temps qu'elles perdent
ordinairement à surmonter cette trop grande
conscience de moi–même qui m'est un perpétuel
tourment. L'ânesse se traîne.

Bercée, extatique, je reviens vers mes vieux
voisins dans la chaleur dorée de cette fin d'après–
midi.

Ils sont assis tous deux sur l'herbe à l'ombre de
leur cèdre. C'est à coup sûr la première fois que je
les vois ainsi désoeuvrés, les mains sur les
genoux – de grandes mains rugueuses et
crevassées qui ne savent trop comment saisir ce
moment figé. Ils sont habillés de noir et de gris,
ils se reposent, le dos droit, royaux sur cette terre
difficile qui est leur bien ; je sens toute
l'indulgence de leur regard. A côté d'eux, à demi
étendu, un vague parent sommeille lourdement,
ventru, comme ce manant de Breughel qui
remplit le tableau de ses ronflements d'homme
repu.

Dark Companion

I slide off the donkey's back, tie her to a low branch of the cedar, and sit down for a few minutes in the shade. My neighbors don't have much to say; they smile at me.

I feel momentarily out of reach.

My Land   I don't know the hiding place of the danger I feel protected from, but I sense it everywhere, all the more threatening for being indefinable. Elie treats me like a Titania whose very life depends on beauty, poetry, and whimsy. I have been taught to dress up the everyday. A breakfast tray, for instance, should include at least one unexpected item to please the eye and start the day off on a note of quiet assurance. Beside the coffee and toast, then, there should be a nut, a rosebud, a seashell, perhaps a gourd. I have also been taught the importance of candlelight and flowers and the crucial language of music and silence.

Cette ombre familière

Je me laisse glisser de l'animal, l'attache à une branche basse du cèdre, m'assieds un instant sur l'herbe pour goûter l'ombre bienfaisante. Mes vieux voisins ne parlent pas beaucoup ; ils me sourient.

Je me sens momentanément hors d'atteinte.

Ma terre Je ne sais où se cache ce danger dont je me sens protégée, mais que je pressens de façon diffuse, d'autant plus menaçant qu'il est indéfinissable. Elie me traite en Titania pour qui toute beauté, toute poésie, toute fantaisie sont bonnes et nécessaires. On m'a appris à faire briller le quotidien : par exemple, le plateau du petit déjeuner doit compter au moins un élément insolite, pour le plaisir des yeux et pour éveiller ce léger sourire qui prédispose, en début de journée, à un calme point de vue sur la vie : à côté du café au lait et des tartines, il y aura donc une noix, une fleur, un coquillage fossile ou une coloquinte. On m'a aussi appris la raison d'être des bougies et celle des bouquets, le langage vital de la musique et celui du silence.

Dark Companion

The beauty of Barbarande can be painful to me. From the house, the vastness of nature extends to the horizon. The Vézère flows through wooded hills into the distance. I spend long stretches of time wide-eyed and motionless before this landscape, breathing it in, trying to absorb it into my body. I touch the trunk of the catalpa, lean against the linden trees, drink in the smells of the earth and air, lie down in the grass. These sessions leave me drunk and delirious. I have felt the soul of my land.

Every evening on the terrace we watch as the sun sets. There is no dispute possible over the time we go in for dinner. The hour is determined by the moment when the golds and purples in the sky have faded into softer tones and we can turn away with no regret from the splendor that never wearies us.

The house has thick walls; the inside is cool even with the sun at its most relentless. During the day, when the air shimmers, the earth cracks, and the scents of heat are overwhelming, you gravitate to the coolness of the *grange* or the small rooms on the lowest level, that used to be stalls. It's then that I feel the urge to paint, or write for

Barbarande est d'une beauté telle qu'elle m'est parfois douloureuse. La nature est immense autour de la maison. La Vézère s'en va loin, jusqu'à l'horizon, dans des remous de collines boisées. Je reste souvent immobile devant ce paysage, je le respire, les yeux largement ouverts, j'essaye de le faire entrer en moi dans un effort conscient d'absorption. Je palpe le tronc du catalpa, m'appuie contre les tilleuls, hume toutes les odeurs, me couche dans l'herbe. Je sors étourdie de ces séances d'imprégnation. Et bienheureuse : j'ai senti l'âme de ma terre.

Chaque soir, sur la terrasse, nous contemplons le soleil couchant. L'heure du dîner dépend sans discussion possible du moment où, les ors et les pourpres du ciel s'étant calmés pour se fondre en des tons très doux, nous pourrons quitter sans regret cette splendeur dont nous ne nous lassons jamais.

La maison a des murs épais ; il y fait bon, même au plus fort de la canicule. Dans la journée, quand l'air tremble, que le sol se fend, que les parfums sont exacerbés, on se réfugie dans la fraîcheur de la *grange* ou des petites pièces du bas qui furent des bergeries ; je me sens alors le goût de peindre,

hours in my journals. You give up all pretense of activity, while the devouring heat bears down outside.

And then there are the nights. Especially, there are the nights. The brief refrains of crickets and bullfrogs fill me with delicious melancholy. We go out in the meadow to watch the stars--we call them by name, locate specific ones, or just gaze at them, however we're inclined. When my brother's friends are with us, they talk for hours about the problems of life. Compared to them, I feel hopelessly simple. My problem is not having any, at least not any that can be put into words.

It was obvious that Barbarande loved our friends Krischi and Catherine. They took on the mood of the place the moment they arrived. When they left, the reverse happened. Their mark stayed behind--sometimes a wound, sometimes a balm. I could dot the house and grounds with altars and pause at each one to relive a conversation here, remember a knowing look there . . . To me, Krischi and Catherine were beauty and

ou d'écrire mes innombrables petits journaux.
Tout l'être se détend, pendant que la chaleur
dévorante guette au dehors.

Il y a la nuit aussi. Il y a surtout la nuit. Grillons
et crapauds musiciens font entendre leurs notes
brèves qui me remplissent d'une mélancolie
voluptueuse. On s'allonge dans les prés pour
regarder les étoiles – les repérer, les nommer ou
s'y perdre, selon les tempéraments. Les amis de
mon frère sont là, qui savent si bien parler de
leurs problèmes. Je me sens, face à eux,
désespérément simple ; mon problème à moi est
de n'en pas avoir, du moins pas de ceux qui se
prêtent aux mots.

Barbarande aimait à l'évidence nos amis
Krischi et Catherine, qui, dès leur arrivée en été,
prenaient immédiatement les couleurs de
l'endroit. Inversement, à leur départ, ils y
laissaient leur marque – blessure ou baume, c'est
selon. Je pourrais jalonner la maison et ses
alentours de reposoirs où, me recueillant, je
revivrais telle conversation qui se tint ici, tels
sourires qui s'échangèrent là... Krischi et
Catherine étaient pour moi toute la beauté et

intelligence personified. They delighted in endless questions and complications. I envied their way with words and the fluent, colorful, complex language they used to express their uncertainties. In the evenings after dinner, lying in the warm grass, looking up at the sky, they'd refashion the world, and I'd listen to them and lose all moorings. I had none of their perplexities and considered myself unworthy of their company. Everything they found obscure, I found very clear. My perplexities were too buried to be seen and stated. They were part of the fabric of me and remained unspoken.

Yet I had my own strength, which was a sense of living in a magical land where I reigned unchallenged. In others' eyes this made me worth talking to, even in my silence. My powers came from Elie, day after day, night after night, in the bedroom–study which, now that I think about it, may have been where the danger lurked.

toute l'intelligence du monde. Ils étaient bourrés de points d'interrogation, de labyrinthes où ils se perdaient avec délices. J'enviais leur volubilité et cette manière abondante, imagée, complexe, d'exposer leurs incertitudes. Le soir, après dîner, couchés sur l'herbe encore chaude, les yeux rivés au ciel, ils reconstruisaient le monde, et, les écoutant, je me sentais dériver en profondeur. N'ayant aucune de leurs perplexités, je m'estimais indigne. Tout ce qui leur semblait obscur m'apparaissait très clair. Mes perplexités à moi étaient trop enfouies pour être perçues et dites. J'en étais pétrie et restais muette.

Mais j'avais une force, c'était le sentiment de vivre sur une terre magique dont j'étais incontestablement la reine, ce qui me valait d'être considérée comme un interlocuteur valable, même dans mon silence. Je recevais mes pouvoirs d'Elie, jour après jour, nuit après nuit, dans la chambre–bureau d'où venait peut–être, à la réflexion, le danger.

The Siamese Twins   Outside my door one evening I found a bouquet of roses with this message: "A Siamese twin is never far away." At that moment he was in Teheran. A week later he would be in Jiddah. I lived on the rue Descartes then, and that day was November 2.

As far back as I can remember, Elie and I have always been called "the Siamese twins." We experience things the same way, speak the same language, feel the same urges; a glance and we know the other's private joy or pain. We are transparent to each other, a fact that can irritate us. When this happens, it's best to go off in our corners and keep to ourselves for awhile. Elie looks at me with an ironic little smile, as if to say: "I know exactly what you're thinking." Usually I accept his infallible reading of me, but sometimes it exasperates me and I defend myself ferociously. Then he backs off. I know he's only pretending, but I immediately calm down. It's the same with

Cette ombre familière

Les siamois Sur le seuil de ma porte, un soir, j'ai trouvé un bouquet de roses, au milieu duquel brillait ce message : "Un siamois n'est jamais bien loin". Le siamois se trouvait alors à Téhéran. Une semaine plus tard, il serait à Djeddah. Moi, je vivais rue Descartes, et ce jour-là, c'était le 2 novembre.

On nous a toujours appelés "les siamois", Elie et moi, aussi loin que remontent mes souvenirs. Nous sentons les choses et les gens de la même façon, nous avons des références communes, des élans simultanés ; il nous suffit d'un regard pour être certains de l'existence chez l'autre d'une joie ou d'un tourment cachés. Nous sommes transparents l'un à l'autre, et nous en sommes parfois irrités. Il vaut mieux alors nous retirer chacun dans notre coin pour ruminer seuls ce que nous ne voulons pas partager. Elie me regarde avec un sourire tendrement moqueur qui me dit : "Je sais exactement ce que tu penses". J'accepte en général cette connaissance infaillible qu'il a de moi, mais il m'arrive aussi de m'en défendre farouchement, avec une sorte d'exaspération. Il feint alors de battre en retraite, je ne suis pas dupe, mais me calme aussitôt. Il en est de même

171

him. At the very instant he'd like to have slipped Gyges's ring on his finger, I see through him.

That now distant evening of November 2, my Siamese twin was halfway around the world and had sent me roses.

Labyrinths   Elie is complicated. Everyone agrees on that. With just the faintest sense of sacrilege, I've always put him in God's place in the Portuguese proverb that says, "God writes straight with crooked lines." To me his convolutions are a part of him; they never throw me off. When he sets out to explain a problem, describe someone, or tell a story, he proceeds in concentric circles, first deluging his listener with information on a subject as yet unrevealed, accompanied by qualifiers and attributes carefully interpolated in asides and parenthetical phrases apparent only through intonation. You have to pay close attention in order not to tangle a skein that seems to unwind effortlessly. My heart always pounds as I wait for

pour lui : je le perce à jour en des occasions où il aurait voulu se passer au doigt l'anneau de Gygès.

Ce soir-là, 2 novembre maintenant lointain, mon siamois était à l'autre bout de la terre, et m'envoyait des roses.

Labyrinthes   Elie est un être compliqué, tout le monde s'accorde à le penser. Pour moi, je l'ai toujours vu, non sans un très léger sentiment de sacrilège, à la place de Dieu dans le proverbe portugais qui dit : "Dieu écrit droit par des voies tortes". Je trouve ses méandres nécessaires, je ne m'y perds jamais. Lorsqu'il lui faut exposer un problème, développer un portrait, raconter une histoire, il procède par cercles concentriques, donnant d'abord en pâture à son interlocuteur une foule d'informations diverses concernant un sujet encore non révélé, agrémentées de qualificatifs et d'attributs soigneusement répartis dans des incises et des parenthèses que seule annonce l'intonation: il faut être vigilant pour ne pas embrouiller, à la réception, un écheveau qui, à la source, semble se dévider de façon si limpide. En de telles

the moment when Elie has exhausted all avenues of elaboration and, after one last feint, one eleventh-hour halt on the threshold of the secret to be divulged, resigns himself to revealing who or what he's talking about. Finally I know what the subject is, now that all the cards have been dealt.

I know it's hard, even impossible for some people to assimilate this swarm of ancillary information with no idea of what it refers to. For me the process is a kind of mental asceticism, a cerebral geometry performed on a tightrope. The discipline keeps me alert and heightens my anticipation of the pleasure still in store.

By their very nature Elie's labyrinthine ways proceed patiently, incrementally, toward their own flawless ends. The plumbing at Barbarande is a case in point. It is a masterpiece of complexity based on a strict logic. At Easter, when it's time to rouse the house from its winter sleep, Elie strides around the tortuous network of underground taps T and Tl, concealed hatches H through H14, and pipes A, B, and C, that he has put together over

occasions, j'attends, le coeur battant, le moment où Elie, ayant épuisé tous ses chemins de traverse, se résigne, avec une dernière hésitation, un ultime recul au seuil du secret dévoilé, à me découvrir de qui ou de quoi il parle. Soulagée, je me trouve enfin au coeur du sujet, avec toutes les cartes en mains.

Je sais que pour beaucoup, il est difficile, parfois impossible, d'engranger ainsi, de longues minutes durant, cette cohorte de renseignements annexes sans savoir à quoi ils s'appliqueront. Pour moi, c'est une sorte d'ascèse mentale, de géométrie cérébrale en suspens qui me tient en éveil et me procure cette légère volupté du plaisir cueilli au terme de l'attente.

Les chemins d'Elie sont donc tous labyrinthiques, et tendent, par là même, à une perfection patiemment élaborée. Le système d'adduction d'eau de Barbarande en est une belle illustration : c'est un chef-d'oeuvre de complexité où règne une sévère logique. Lorsqu'à Pâques on réveille la maison de son sommeil hivernal, Elie parcourt à grandes enjambées un royaume enchevêtré de robinets enterrés R et R', de trappes dissimulées T1 à T14, de circuits A,B,C, royaume

the years and logged in tiny, crabbed handwriting in his orange notebooks. After a considerable interval, Barbarande shudders and comes back to life, like a tree revived by the flow of sap. The maneuver is tricky, any false move can backfire. The slightest misstep may rouse the light sleeper we call Arthur, the imp of the perverse who hides out in the house and sets off the unpredictable, trivial, maddening glitches that pit us against matter.

But everything ends up working fine, after an occasional snag that Elie, glowering, notebook in hand, tracks down to the source, like a dark and efficacious angel.

The eclectic and unexpected contents of Elie's wardrobe that stood in the entryway to our apartment in Paris reflected him to perfection. It was tall and narrow, made of dark wood, with slightly wobbly legs. Clothes took up very little room. Elie kept an astonishing array of treasures

conçu par lui et minutieusement consigné, de sa minuscule écriture, dans ses cahiers orange. Il faut un long moment avant que Barbarande tressaille et revienne à la vie, comme un arbre qu'on aurait cru mort et où la sève coule à nouveau. La manoeuvre est délicate. Les incompatibilités multiples. Toute incartade peut réveiller celui qui ne dort que d'un oeil, celui que nous appelons Arthur, et qui est le petit esprit tracassier du lieu, celui qui est à l'origine, dans cette maison, de tous les ennuis inattendus, bénins et suprêmement agaçants, celui qui nous oblige à nous colleter avec la matière.

Mais tout finit par très bien fonctionner, avec parfois un incident de parcours dont Elie, les sourcils froncés, un cahier à la main, traquera la cause cachée à travers la maison, tel un ange sombre et efficace.

L'armoire d'Elie, celle qui se trouvait dans l'entrée de notre appartement à Paris, par son contenu multiple et inattendu était à son image. C'était un meuble de bois sombre, étroit, légèrement bancal. Le linge y occupait peu de place. On y trouvait un nombre impressionnant

hidden among the few shirts and handkerchiefs: books he'd recently bought and would give to one or the other of us when the occasion arose; chocolates corresponding to our various tastes (orange cream, bittersweet, soft praline), expensive lotions and perfumes with names like Fille d'Eve, Air du Temps and Chant d'Arôme, for Elie always maintained, quoting St. Francis of Sales, that "girls were meant to be right pretty."

My father also kept a judicious selection of stockings and tights so he could supply any need that might crop up, even at hours when shops were closed. Secretly delighted by the downcast mien of wife or daughter in desperate straits, he'd go to his wardrobe and open the door a crack. Slipping his hand under the skimpy pile of clothes, a stern eye fixed on the improvident beggar, he'd slowly extricate the item required-- exactly the style desired, the perfect color, the size just right. We'd throw our arms around his neck and he'd accept our kisses with a feigned reluctance that did little to conceal his jubilation.

d'objets hétéroclites, cachés parmi les mouchoirs et les chemises : des livres récemment achetés qu'il donnerait, le moment venu, à l'un ou à l'autre d'entre nous, du chocolat conforme au goût de chacun : fourré à l'orange, noir amer, praliné fondant, des crèmes de beauté coûteuses et des parfums nommés Fille d'Eve, Air du Temps, Chant d'Arôme, car enfin, disait Elie, citant Saint François de Sales, "il faut bien que les filles soient un petit jolies".

Il y avait aussi une réserve de bas et de collants soigneusement tenue à jour par mon père qui pouvait ainsi, même aux heures tardives, faire face à des besoins soudain urgents. Secrètement ravi de la mine désolée d'une femme ou d'une fille en manque impératif, il allait vers son armoire qu'il entr'ouvrait. Glissant la main sous la mince pile de linge, la tête tournée vers la quémandeuse d'un air sévère, il en retirait avec précaution l'objet désiré : juste ce qu'il fallait de finesse, teinte idéale, taille ajustée. Nous lui sautions au cou, et lui recevait nos baisers avec des réticences simulées qui masquaient mal son plaisir extrême.

His digressions sometimes provided me with strange but welcome escapes. I'm thinking of the days we'd walk along the street hand in hand. I couldn't have been more than seven and would concentrate on taking two steps to his one.

We'd stop now and then to look in shop windows. He'd squeeze my hand and I knew he was about to launch into a fanciful disquisition on a toy, an article of clothing, peaches in the winter in our affluent neighborhood, or just the smell of croissants from a bakery door left ajar.

We never bought anything. He'd spin out his descriptions until the objects metamorphosed before my eyes. I'd listen to him enthralled and bask in the rarefied pleasure that has nothing to do with possession.

Halfheartedly, when I'm old enough, my parents send me to catechism classes at the local parish. I don't like the lessons. We are given mimeographed sheets with questions and are to choose among three answers. I have to check a

Cette ombre familière

Ses méandres me sont parfois apparus comme des refuges obscurs mais salvateurs. Je pense au temps où nous marchions la main dans la main. J'avais sept ans à peine, et m'appliquais à faire deux pas très exactement pendant qu'il en faisait un.

Nous nous arrêtions de temps à autre pour regarder les vitrines. Une pression de ses doigts sur les miens m'avertissait qu'il allait me commenter de la façon la plus inattendue un jouet, un vêtement, des pêches en hiver dans ce quartier de luxe, ou simplement des croissants dont nous humions les effluves par la porte entr'ouverte des boulangeries.

Nous n'achetions jamais rien. Il s'attardait à me décrire ces objets jusqu'à les métamorphoser pour moi en visions : je l'écoutais, et, subjuguée, me contentais de cette jouissance très spéciale qui exclut la possession.

Vient le temps où l'on m'envoie, un peu à contrecoeur, au catéchisme de la paroisse qui ne me plaît pas. On nous y distribue des feuilles polycopiées où figurent des questions diverses : pour chacune d'elles, on nous propose un choix de

box to indicate that Isaac is indeed the son of Abraham and a Pharisee is not a body of water. I show the questions to Elie. He reads them, his eyebrows rising as he goes through the list. Then he sighs, tears the sheet in two, looks at me with a rueful little smile, and says with the mock formality he adopts at moments of particular tenderness: "Well, young lady, it would appear that the time has come for you to investigate these matters with your father."

From then on, every morning before school, he reads me a few lines from the Old Testament, then some from the New Testament, with a stream of commentaries and interpolations that carries me along on an eddying current. I'm well aware that I don't understand, but I soak up his words drowsily, knowing I'm in good hands. What he taught me on those mornings sifted down into alluvial deposits, inchoate and fertile.

At times I've stubbornly resisted Elie's labyrinthine ways. My struggles with math often led him to examine my homework, which I

trois réponses ; il faut cocher la bonne. Je me résigne avec ennui à déclarer qu'Isaac est bien le fils d'Abraham, et qu'un pharisien n'est pas un gardien de phare. Je montre la feuille à Elie ; il la prend, la lit avec un haussement des sourcils qui va s'accentuant de seconde en seconde, puis il la déchire en soupirant et me dit avec un petit sourire ironique et ce vouvoiement qu'il emploie parfois pour marquer une plus grande tendresse : "Eh bien, ma fille, vous devrez étudier ces choses avec votre père, désormais".

Et, chaque matin, avant le départ pour l'école, il me lit quelques lignes de l'Ancien Testament, et du Nouveau aussi, avec maints commentaires et maintes incises, eau complexe à laquelle je m'abandonne. Je comprends bien que je ne comprends pas, mais je me laisse paresseusement imbiber, certaine de reposer entre des mains fortes et sûres. Ce qu'il m'a enseigné à cette époque s'est déposé en moi comme des alluvions confuses et fertiles.

J'ai parfois refusé obstinément les procédés labyrinthiques d'Elie. Mes incertitudes en mathématiques l'incitaient à se pencher de temps

dreaded above all else because the explanations he'd shower on me would leave me speechless, at sea, without a shred to hang onto. All I could do was float, waiting for him to stand up and end the session with the inevitable question: "You understand now, don't you?" I'd immediately say I did, that everything was clear, I could do the rest by myself, and I'd take back my books and notebooks with a show of confidence that seemed to convince him. To me, math has always been a shadowy and monstrous territory that no one has ever clarified, and on this point, Elie has not enlightened me.

When we say that Elie is complicated, it's only a concession to the outside world. In fact, we're not convinced, even when we receive a telegram from him that says, "Enjoy Eden without Baudelairian Adam." In a thick Périgord accent, the postal clerk from the nearby village reads the message over the phone. He obviously finds it incomprehensible. "Shall I repeat?" No, we

Cette ombre familière

à autre sur mes devoirs, ce que je redoutais plus
que tout, car les explications dont il m'abreuvait
alors me laissaient éperdue, submergée, je ne
tenais plus aucun fil en mains, me mettais à
flotter, attendant qu'il se lève en me posant la
question rituelle : "Je pense que tu as compris,
maintenant ?" Je répondais hâtivement que oui,
que c'était clair, que j'allais me débrouiller toute
seule, et je lui retirais des mains livres et cahiers
avec une assurance enjouée qui semblait le
convaincre. Les mathématiques ont toujours été
pour moi un territoire ténébreux et tentaculaire
pour l'exploration duquel aucune lumière ne m'a
jamais été donnée, et Elie, en ce domaine, ne m'a
pas éclairée.

Lorsque nous disons d'Elie qu'il est un être
compliqué, c'est une concession au monde
extérieur. En fait, nous n'en sommes absolument
pas persuadés, même lorsque nous recevons de
lui un télégramme ainsi libellé : "Jouissez Eden
sans Adam baudelairien". De la poste du village,
le préposé transmet le message par téléphone,
avec un fort accent périgourdin. Il est évident
qu'il a renoncé à comprendre : "Vous voulez que

understood perfectly. Incredulous silence on the other end of the line. Elie has chosen these words to tell us that he has had to delay his return to Barbarande from Niger . . . or Chile . . . and so he is sad. It's that simple.

Conversations   A few unspoken rules seem to be accepted without question at Barbarande: be deliberate, enjoy the silence, give in to contemplation. Even for the most resistant there's no escape––chatterers fall silent, the nervous calm down, the superficial turn inward, astonished. From long observation I can predict a brief and fierce initial struggle for these ardent disciples of dissipation. At first they're ill at ease in the face of so much raw beauty. They don't say so, but it's obvious. Privately, they chafe, they resist, their eyes cloud over, they require comforting, they wander about aimlessly; they have nothing familiar to hang onto. They're

je répète ?" Non, nous avons tout saisi, et très bien : le silence est incrédule au bout du fil. Elie, par ces mots, nous annonce qu'il ne pourra pas quitter le Niger... ou le Chili... à la date prévue pour nous rejoindre à Barbarande, et qu'il en est mélancolique. C'est si simple.

Conversations   Il semble que des mots d'ordre, jamais énoncés, règnent à Barbarande, auxquels chacun se soumet tout naturellement : vivre sans hâte, savourer le silence, s'adonner à la contemplation. Les plus récalcitrants n'y échappent pas : les agités se calment, les bavards se taisent, les futiles plongent en eux-mêmes, étonnés. Je sais très bien, pour l'avoir observé maintes fois, que le combat à l'arrivée est bref et rude pour ces ardents disciples de la dissipation. Tout d'abord, tant de simple beauté les met mal à l'aise, ils n'en disent rien, mais n'en pensent pas moins, ils piaffent intérieurement, se rebellent, s'attristent, manifestent le besoin d'être consolés, ils errent, désoeuvrés ; ils n'ont plus rien de familier à quoi se raccrocher. Il y a presque du ressentiment en

almost resentful. But very quickly they'll give in to the spirit of the house and the land and allow themselves to be gently, unerringly centered. The superficial, the nervous, the chatterers, all of them light as feathers buffeted by the slightest wind, all of them leave Barbarande weighted down with happiness.

Time and again I've seen this happen.

Others have less to learn from such a place because they already know what Barbarande has to offer. They dive into the magic circle with the impatience of lovers, ready for what awaits them.

Very different kinds of conversations start up at Barbarande, gain momentum, and branch out in every direction, according to the setting.

The terrace, for instance, is the place for casual, relaxed exchanges that echo like balls bouncing back and forth. There, we sink into lawn chairs and lower the backs as far as they'll go. The horizontal position with a view of the sky is our favorite. Subjects of conversation are numerous: Elie's predictably foul humor upon returning from market; speculations about my faraway brother, silent and tragic; the moodiness

eux. Mais très vite, ils se laisseront investir par les voix de la terre et de la maison qui savent lester les âmes de doux et salutaires fardeaux. Les futiles, les agités et les bavards, gens trop légers qu'un rien fait voleter, se sentent, lorsqu'ils quittent Barbarande, pleins d'un lourd bonheur.

Toujours, toujours j'ai vu cela.

Les autres, ceux qui ont moins à apprendre d'un tel lieu, car déjà familiers de ce que Barbarande peut leur donner, ceux-là d'emblée entrent dans le cercle enchanté, sachant ce qui les attend, avec l'impatience des amants.

A Barbarande, selon les lieux, s'amorcent, se développent et se ramifient à l'infini des conversations de natures très différentes.

La terrasse, par exemple, est le théâtre d'échanges rapides, légers, sonores comme des balles qui rebondissent bien. On s'y installe sur des fauteuils dont on a basculé le dossier au maximum : la position horizontale, qui permet de regarder le ciel, a nos faveurs. Les sujets sont multiples : la mauvaise humeur rituelle d' Elie au retour du marché, les problèmes supposés de mon frère lointain et muet, les états d'âme de mon fils

of my older son, the sudden blossoming of his younger brother, the beauty of little Anna; my sister and her family of cheerful bohemians who live a short walk away. We dissect a friend's visit, laugh at his quirks, analyze his strengths, mention a few flaws--just enough to entertain ourselves. Whatever we say, we like him. After all, we invited him and even sent a map, an indispensable aid for finding Barbarande, since Elie has always refused to put up signs at confusing crossroads. Have we ever regretted issuing an invitation and then deliberately failed to send the victim the famous map, in hopes he would get lost and give up the search? I wonder and, in any case, am sure such a tactic has occurred to Elie more than once.

So the terrace is where we talk about people. With fervor. It's a setting where the sky is the limit.

Cette ombre familière

aîné, la beauté de la petite Anna, la métamorphose soudain brillante de mon cadet, ma sœur et sa famille de joyeux bohêmes qui vivent à deux cents mètres de là. On épilogue longuement sur la visite de tel ami, on rit de ses idiosyncrasies, on en dit du bien, un peu de mal, juste ce qu'il faut pour nous amuser. De toutes façons, on a de la sympathie pour lui puisqu'on l'a invité, et qu'on lui a même fourni un plan d'arrivée à Barbarande, indispensable à quiconque veut venir jusqu'à nous, Elie s'étant toujours refusé à mettre des panneaux indicateurs aux carrefours incertains. Nous est-il jamais arrivé de faire quelque imprudente invitation, puis, la regrettant, d'omettre délibérément de communiquer le fameux plan à la victime, dans l'espoir qu'elle se perdra et abandonnera la partie ? Je me pose la question, et suis, en tous cas, certaine qu'Elie s'est risqué plus d'une fois à caresser un tel stratagème.

Sur la terrasse donc, on parle des gens. Avec passion. C'est un terrain d'observations sans limites.

Dark Companion

At Barbarande a flat, grassy promontory overlooks the hills across the meadow. It has been carefully laid out for Madeleine's slow walks. Four-hundred-year-old boxwoods frame a Romanesque fountain. There are few trees, but each one has a history and its own particular beauty. The blue spruce my brother planted years ago helps us measure time; the long-needled Himalayan pine, soft to the touch; the broad-leafed catalpa; the linden that we call the dancing tree--its lower branches form an ideal hideout for melancholy children; the three cedars and the poplar. On this promontory you walk and talk at the same pace. This is the place to examine the immediate future, lay plans, and organize your life. However modest the point of departure, after a few turns on this strip of grass bordering the sky, we're always amazed at the ground we've covered.

I've seen the promontory shrouded in morning mist; I've seen it radiant with the setting sun; I've seen it fragrant and drenched with rain. It's where I like to hold still and take in the beauty of things.

Cette ombre familière

Il est, à Barbarande, une délicieuse allée d'herbe, plate et douce, aménagée en haut du pré, face au paysage de collines, pour les lentes promenades de Madeleine. Des buis quadricentenaires entourent une fontaine romane. Peu d'arbres, mais chacun a son histoire et sa beauté : le sapin bleu planté jadis par mon frère – il nous aide à mesurer le temps –, le sapin de l'Himalaya aux aiguilles longues et douces, le catalpa aux larges feuilles, le tilleul que l'on nomme l'arbre–qui–danse, et dont les branches basses forment un boudoir idéal pour les enfants mélancoliques, les trois cèdres et le peuplier. Le long de cette allée, on parle au rythme de ses pas : on y évoque le proche avenir, on esquisse des projets, on organise la vie. Aussi mince que soit le point de départ, nous en arrivons toujours, au bout de quelques allers et retours sur cette bande d'herbe si proche du ciel, à baguenauder au travers de surprenantes diversions.

J'ai vu cette allée plongée dans la brume du matin ; je l'ai vue gorgée de soleil couchant ; je l'ai vue baignée de pluie et odorante. C'est là que, volontiers, je me tiens immobile pour m'imprégner de la beauté des choses.

Dark Companion

The place for discussions of real consequence is of course Elie's bedroom–study. He sits at his table where dust has always settled in the spaces between the orange notebooks, the small notepads, the stacks of papers, the geode, the jar full of pencils, and the bottle of tangerine–scented toilet water I gave him over twenty years ago, that's been there ever since. Sometimes when I'm in the study with him, he sniffs it with a show of sensual pleasure that makes me laugh. I've pushed aside the books and journals and made just enough room to sit on the bed. Everyone knows where the Siamese twins are, but leaves us alone; our condition affords us this tacit respect. The walls of the room have the capacity of opening out into more resonant fields as we range over humankind and God, the earth and the heavens, the complexity, misery, and splendor of life, our hidden riches, the mystery in each of us, and our contradictions. Life again seems riddled with twists and turns and dark stretches and blind alleys, but always my father tempers this sober picture with an insight from another world that gives meaning to a confusing existence. Once

Cette ombre familière

Le lieu par excellence des conversations essentielles est naturellement la chambre–bureau d'Elie. Il est assis à sa table où toujours la poussière est visible entre les cahiers orange, les petits carnets, les papiers épars, la géode, le godet aux mille crayons, le flacon d'eau de toilette à la mandarine que je lui ai offert il y a plus de vingt ans, que j'ai toujours vu là, qu'il hume de temps en temps en ma présence avec un air voluptueux qui me fait rire. Je me suis fait une petite place sur le lit, en repoussant les revues et les livres. La maisonnée sait où nous sommes, mais on nous laisse seuls : c'est notre condition de siamois que l'on reconnaît ainsi tacitement. Les murs de cette chambre ont le pouvoir de s'écarter pour que nous puissions parler avec la résonance qui convient des hommes et de Dieu, de la terre et du ciel, de la complexité, de la misère et de la magnificence de cette terre, de ce ciel caché que nous portons en nous, du mystère des êtres, de leurs contradictions. La vie m'apparaît une fois de plus pleine de méandres, d'obscurités, d'aveuglements, mais toujours mon père inonde cette image désolante d'une lumière qui vient d'ailleurs et qui donne tout son sens à cette existence compliquée.

more, the bedroom—study becomes a listening post at the heart of the universe.

When our paths happen to cross in the house, Elie and I hesitate for a moment. Sometimes neither of us feels like talking, in which case a light touch on the arm says, "Not now, I'm in a hurry, maybe next time," and we go on about our business. Often, though, we do feel like talking, so we stop. The session begins with an inquisitive look from Elie: "Do you have a minute? Are you here? Not preoccupied?" I smile and test the waters by asking him something personal, almost indiscreet. He loves these questions. He doesn't give a straight answer, but manages to let me know that there's no point in asking him about himself, a person he hasn't encountered in so long he can't remember this Elie he's sentenced to live with. Now we can get on with it. The wick has been lighted. Flares shoot out in all directions. We go off on tangents that could lead anywhere.

Cette ombre familière

La chambre-bureau est alors poste de veille au coeur de l'univers.

Au hasard de nos rencontres dans la maison, nous nous arrêtons un instant, Elie et moi. Il arrive que nous n'ayons envie de parler ni l'un ni l'autre, nous nous croisons alors avec une légère caresse sur le bras, en passant, comme ça, l'air de dire : "Pressé, envie de rien, mais surtout ne te fie pas aux apparences". Souvent, cependant, cette envie, nous l'avons, et nous n'y résistons pas. Cela commence par un regard interrogateur d'Elie : "Tu as le temps ? Tu es ici ? Pas ailleurs ?" Je souris, et amorce la conversation par une question très personnelle, presque indiscrète, dont je sais qu'elle le ravira. Il n'y répond pas directement, mais s'arrange pour me faire savoir qu'il est vain de l'interroger sur lui-même, étant donné qu'il y a trop longtemps qu'il ne s'est pas rencontré, et que par conséquent il ne sait plus très bien qui est cet Elie aux côtés duquel il a été condamné à vivre. Passons. La mèche est allumée. Nous commençons à exploser dans tous les sens. Nos pas nous portent vaguement chacun vers une destination que nous avons déjà oubliée. Nous

We're standing on the stairway in the front entry—
—he's at the bottom of the stairs and I'm at the top.
We couldn't take another step without losing sight
of each other, so we stay where we are. I sit down
on the stairs and Elie leans against the wall. The
stage is set for an extravagant fancy that will build
up bit by bit.

After a few lazy skirmishes, no more than
warm—up exercises, we shuffle the deck. Wild
cards turn up at random. I remember one evening
recently when we talked about Judas, sometimes
called Jude to identify him as the one who
remained faithful. Nothing is known about him
except that he was the son of James. He bears a
difficult name; people confuse him with the
traitor. We agree that this is a good beginning for
a story yet to be written. The somewhat hazy
image of the man who is not Iscariot hovers
between us in the stairwell.

A pause, time to draw another card from the
deck. This one turns out to be Goethe. He's our
springboard for speculating on whether Elie
would have the nerve to negotiate another sixty
years of life, for the sole purpose of putting his
files in order. There's no answer.

nous retrouvons dans l'escalier du hall, lui en bas, moi en haut. Nous ne pourrions plus faire un pas sans nous perdre de vue, alors nous nous installons : je m'assois sur une marche, Elie prend appui contre le mur. Et c'est là que se déploie progressivement une fantaisie débridée. Après quelques divagations paresseuses qui nous aiguisent l'esprit, nous abattons nos cartes qui sont multicolores, inattendues. Je me souviens d'un soir récent où nous avons parlé de Judas, appelé parfois Jude pour faire la différence, celui qui est resté fidèle, celui dont on ne sait rien, sinon qu'il est le fils de Jacques. Il porte un nom difficile : on le confond avec l'abominé. Nous convenons que c'est un bon début pour une histoire qui reste à écrire. L'image un peu floue de celui qui n'est pas l'Iscariote flotte entre nous dans l'escalier.

Une pause, le temps de passer du coq à l'âne. Voilà. C'est Goethe qui tombe. Nous avons recours à lui pour nous demander si Elie aurait l'audace de négocier avec Méphisto soixante années de vie supplémentaires, à seule fin de mettre en ordre ses archives. Il n'y a pas de réponse.

We thrive on this game--which isn't a game--
and tease it out until someone happens by on the
stairway. Then we make the last moves and drift
toward a harmless close.

Celebrations   I once wrote the first pages of
a Treatise on Celebrations, at
a time when I liked to transform the *grange*, using
elaborate garlands of ivy, old-fashioned Périgord
lanterns with candles glowing inside, and fruit
rising in pyramids from the tables. I convinced
myself I was painting a picture one stroke at a
time, all day long, until the exact moment of
sunset, when I'd invite the household to enter my
composition.
   My treatise begins:
   "Tonight I held a celebration. It's over now.
As I always do, I worked on it for hours, ridding
every corner of flaws and jarring notes, like so
many spiders, until I reached the dazzling instant
that marks the beginning of a celebration. After
that, everything deteriorates. A celebration should
end the moment it begins. 'You have two

Cette ombre familière

Ce jeu – qui n'en est pas un – fait nos délices, et nous le prolongeons jusqu'à ce que, quelqu'un passant dans l'escalier, nous y mettions un terme en dérivant ensemble vers l'anodin.

Fêtes J'ai commencé à écrire, il y a bien des années, un Traité des Fêtes, en un temps où j'aimais à métamorphoser la *grange* au moyen de grands bouquets compliqués, de guirlandes de lierre, de vieilles lanternes périgourdines et de bougies, de pyramides de fruits jaillissant des tables. J'avais l'impression de peindre un tableau par petites touches, dans lequel, le soir venu, au coucher du soleil très exactement, j'inviterais la maisonnée à entrer.

Mon Traité commence ainsi :

"Ce soir, j'ai donné une fête : elle est finie. Comme toujours, j'ai passé des heures à la préparer, pourchassant, comme on traque des araignées, incompatibilités et imperfections de toute espèce nichées dans les coins, pour en arriver à un petit instant éblouissant, celui du commencement de la Fête. Après, ça se détériore. Une fête devrait se terminer sitôt commencée.

minutes,' people would be told upon arrival. Then they would be ushered out.

"Suppose I were to write a treatise on celebrations? What would I say?"

Broad generalities ensue, on the fragile nature of celebrations, the spiritual elements that must be present, on true celebrations and those that qualify in name only. The tone is solemn, earnest. I take myself very seriously. I announced an ambitious plan to discuss celebrations in history, legends, and the work of poets, painters, and musicians. That section remained in outline form, each topic painstakingly spelled out. Then I move on to practical advice on flower arranging, with instructions on composing bouquets in triangles, semi–circles, cascades, and upward thrusts, with specific colors, types of flowers, or leaves predominating, by virtue of their density or laciness. The entire section is very explicit. Just as I'm about to take off on a really solemn and pedantic tack, the treatise stops short, as if I had been interrupted in mid–sentence and then

Cette ombre familière

'Vous avez deux minutes', dirait-on aux gens dès l'entrée. Puis, on les pousserait dehors.
"Et si j'écrivais un Traité des Fêtes ? Que dire alors ?"

Suivent des considérations générales sur la fragilité d'une fête, les éléments spirituels qui la composent, sur les vraies fêtes et sur celles qui n'ont de la fête que le nom. Le ton est sérieux, pénétré. Manifestement, je sais de quoi je parle. J'ai prévu, avec une certaine ambition, de parler des fêtes dans l'histoire, dans les légendes, chez les poètes, les peintres et les musiciens. La chose en est restée à l'état de plan minutieusement détaillé. Enfin, je crois nécessaire de donner quelques conseils pratiques sur la composition des bouquets, en triangle, en demi-cercle, en cascade ou en verticale ascendante, avec telles couleurs prédominantes, et telle fleur, telle feuille en raison de leur aspect compact ou dentelé. Tout cela est d'une grande précision, et juste au moment où je m'engage dans un chemin vraiment solennel et didactique, le traité s'arrête court, comme si j'avais été interrompue au milieu d'une

thought it wise to abandon the effort.

These sheets have been waiting for years now, carefully folded between the pages of a blank notebook. I have no plans to take up the treatise again. In the meantime, celebrations have proliferated at Barbarande. Madeleine has often been the guest of honor and the excuse, despite my claim of holding celebrations for their own sake. Year after year, on July 22, the festivities have become more boisterous, less solemn, less temperate, as more children have arrived and skits, songs, and occasional poems been added.

On the appointed day, very early in the morning, I'd go out in search of tall ferns and the blue chicory flowers that grow wild along the roadside. I had no scruples at stealing liliums from the overgrown garden of a house near ours, that had been empty for years. I liked going into the tangle of vines where the plantings of a witch still grew. According to local legend, she had been the genuine article, a powerful and fearsome witch. This had been her house. She was reputed to have the evil eye. She cultivated her reputation

phrase et que, plus tard, je n'aie pas jugé bon de le reprendre.

Il y a maintenant des années que ces feuilles soigneusement pliées attendent entre deux pages d'un cahier vierge. Je ne pense pas y revenir jamais. Depuis, les fêtes se sont multipliées à Barbarande. Madeleine en a souvent été la reine et le prétexte, malgré ma prétention à faire des fêtes sans objet. D'année en année, pour l'honorer le 22 juillet, les fêtes ont été plus tourbillonnantes, moins graves, moins silencieuses qu'autrefois. Il y avait toujours plus d'enfants, des sketches, des chansons, des poèmes de circonstance.

A ces occasions, très tôt le matin, j'allais cueillir les hautes fougères, et les fleurs bleues sauvages au bord des chemins en forêt. Je volais tranquillement des liliums dans le jardin–jungle d'une maison voisine abandonnée depuis longtemps. J'aimais pénétrer dans ce lieu envahi par les ronces, où s'entêtait à pousser ce que les mains d'une sorcière, une vraie, une belle et terrifiante sorcière, avaient planté. C'était sa maison. On disait autrefois dans le pays que la vieille femme avait le mauvais oeil, qu'elle avait

and enjoyed the fear she inspired. Perhaps it compensated for her poverty and isolation. After she died, her garden had reverted to nature. She must have planted mandrakes somewhere, they were just too choked by brambles for me to find them. The vegetation was dense, prolific, often thorny, and supplied me with a subtle assortment of creepers, greenery, and flowers. I'd come back to the *grange* loaded down with fragrant armloads and set to work transforming the room into a baroque and ephemeral structure, flimsier, more precarious than a house of cards. Then the evening would slowly wind down and a vague sadness take over, the sadness of things coming to an end.

Death, sweet and certain death, lies in wait at the heart of celebrations.

des pouvoirs. Elle entretenait habilement sa réputation, aimait la crainte qu'elle inspirait : peut-être était-ce une solide compensation à sa pauvreté et à sa solitude. Le jardin, retourné à l'état sauvage après sa mort, recelait sûrement des mandragores. Trop enfouies sous les ronces pour que je puisse les découvrir. La végétation y était abondante, diverse, épineuse souvent, et m'offrait un choix raffiné de lianes, de branchages et de fleurs. Les bras chargés d'un fouillis odorant, je revenais à la *grange,* et la vidais de son caractère quotidien pour construire, plus tremblant, plus fragile qu'un château de cartes, un édifice baroque et éphémère. Puis la soirée s'écoulait lentement ; et s'installait une légère tristesse, celle des choses finissantes.

La mort, la douce et sûre mort, a sa place secrète au coeur des fêtes.

Dark Companion

Death in my dreams,
Veiled Death,
Weightless on the path to Golgotha,
A calm shadow among the giant buttercups.
I have greeted Death
Hidden at the heart of celebrations,
Again and again, with the old fear,
A moment's pause,
A quickened heartbeat,
A fleeting terror.

Death stands watch everywhere at Barbarande, with the tranquil patience of those who know their time will come. At the end of a blazing summer, when everyone is still around me, I whisper, "Death, where is your victory?" And I see the shadow pass between the lindens that lean close to the house, threatening and sheltering. It moves across the terrace behind the lawn chairs someone has just left, darkens Madeleine's room where the delicate opaline bottles clink gently when a purposeful step strains the old floorboards, and dissipates in Elie's bedroom–study––this is the

Cette ombre familière

La Mort rêvée,
La Mort voilée,
Légère sur le sentier du Golgotha,
Douceur sombre parmi les boutons d'or géants,
La Mort cachée au coeur des fêtes,
Je l'aurai saluée tant de fois
Avec une crainte familière,
Un léger temps d'arrêt,
Un battement du coeur,
Un effroi fugitif.

La mort, ici, veille en tous lieux, avec la souriante patience de ceux qui connaissent leur heure. A la fin de ces étés flamboyants où tous sont encore là autour de moi, je murmure : "Mort, où est ta victoire ?" Et je la vois s'éloigner sous les tilleuls jumeaux, si proches de la maison qu'ils sont pour elle menace et protection ; elle passe sur la terrasse derrière les fauteuils un instant abandonnés, traverse la chambre de Madeleine où le service d'opaline tinte doucement lorsqu'un pas trop résolu ébranle le parquet de vieilles planches, se perd dans la chambre–bureau d'Elie :

scene of my fiercest struggles with the shadow that dances slowly between the pilgrim's suitcase and the bed covered with books. When it hesitates over Elie's thin shoulders, his ascetic's face, his fine musician's hands, I thrust it aside by a ferocious act of will.

I've always perceived a threat hanging over Elie. That's why I've so often willed myself a barrier between him and the inescapable visitor, fighting off the assault, standing guard over him. I'd like to think that this state of permanent alert has allowed him to live as long as he has and that without me and my invisible supports, without my strength coupled silently with his, he would have departed long ago.

There have been nights when the tears froze inside me as I listened to him strangling in his sleep, from an ailment that a wizard of a doctor would eventually cure once and for all. My room was next to the study where Elie sometimes slept.

c'est en ce lieu que je livre mes combats les plus
aigus contre cette ombre qui s'attarde et se
complaît entre la valise du pèlerin et le lit-
bibliothèque. Je l'ai vue se pencher sur les
maigres épaules d'Elie, sur son visage d'ascète,
sur ses belles mains douces et musiciennes. Je
l'ai, à ces moments, écartée d'un geste mental
d'une violence extraordinaire.

Elie a toujours eu, à mes yeux, un côté menacé :
c'est pourquoi, à son insu, je me suis faite pour lui
muraille, guerrier en armes, veilleur à l'entrée de
la tente, afin d'éloigner l'inéluctable visiteuse. J'ai
envie de croire que cet état d'alerte permanente
lui a permis de survivre jusqu'à maintenant, que,
sans moi et mes étais invisibles, sans mes forces
conjuguées aux siennes en silence, il serait parti
depuis longtemps.

Il y a eu ces nuits où, toutes larmes pétrifiées en
moi, je l'écoutais s'étrangler dans son sommeil,
infirmité dont tardivement un médecin, presque
un magicien, l'a débarrassé pour toujours. Ma
chambre était voisine du cabinet de travail où il
dormait parfois. Raidie dans une immobilité

Stiff with terror, completely motionless, I'd hear an unearthly rattle gathering force, the pitch rising . . .

I strangle with my father, I try in vain to catch my breath with him, I exhaust the last reserves of my strength as he exhausts his, I'm going to die, I'm dying with him. The rattle stops. Is Elie dead? Has he triumphed once again over the hellish assault? Have I helped him? Maybe I wasn't strong enough this time? Maybe I abandoned him too soon, a few seconds too soon? I'm overwhelmed with dread. I get up and go listen at his door for a sign of life, a sigh, a creaking of the floor, a breath, anything. Sometimes I think I hear something; then I can go back to bed, suddenly lightheaded. Other nights I lean for a long time against the cold wood of the door, holding my breath--I have no idea how long. My only hope is for a miracle. For that I have no tears. In the morning I wake up hunched on the floor. At the brief ringing of the alarm, then the familiar sound of the bedsprings under the weight of the sleeper getting up, I race back to my room, my body numb, my heart screaming with joy: my father is alive.

intérieure absolue, j'entendais alors un râle inhumain s'enfler, devenir aigu...

J'étouffe avec mon père, tente en vain de reprendre ma respiration avec lui, je vais au bout de mes forces pendant qu'il va au bout des siennes, je vais mourir, je meurs avec lui. Le râle s'éteint. Elie est-il mort ? A-t-il une fois de plus triomphé de l'infernal assaut ? L'ai-je bien aidé ? Peut-être, cette fois-ci, n'ai-je pas eu assez de force ? Peut-être l'ai-je abandonné trop tôt, quelques secondes trop tôt ? L'angoisse est infinie. Je me lève et vais guetter derrière sa porte un signe de vie, un soupir, un craquement, une respiration. Parfois, il me semble entendre quelque chose ; je me recouche alors, légère soudain. D'autres nuits, je reste longtemps – il n'y a plus de temps – debout contre le bois froid de la porte, retenant mon souffle ; je n'espère plus qu'en un miracle. Je n'ai pas de larmes pour cela. Le matin me trouve recroquevillée par terre. La sonnerie, vite étouffée, du réveil, le bruit familier des ressorts du lit sous le poids de celui qui se lève, me font fuir vers ma chambre, ankylosée, le coeur hurlant de joie : mon père vit.

Over forty years ago I had a brush with death. In the trusting way of young children, I did not fear this intruder who grazed me and moved on.

The scene is a mountain cottage on a summer evening. I'm lying on my stomach because there's no skin on my back. Early the morning before, a long cart came to meet five pale, excited city dwellers at a gingerbread railway station. We had ridden a toy train that chugged its way up the steep, winding track, its whistle echoing operatically across the high valleys.

To humor me, the driver of the cart lifted me onto the seat and gave me the reins which he carefully wrapped around my wrists. We bumped along the road while the family followed happily on foot, dreaming of waterfalls and wild strawberries. Cars are a rarity here. We do meet one, however. The mule rears crazily, bolts around in the opposite direction, breaking the heavy cart in two, and for five hundred frenzied yards, drags the front wheels of the cart and the

Cette ombre familière

Cette mort-amie que les petits enfants reconnaissent parfois sans crainte, elle est venue à moi il y a plus de quarante ans, un simple effleurement, une main tendue que je n'ai pas prise.

C'est un soir d'été, dans un chalet de montagne. Je suis couchée sur le ventre parce qu'il n'y a plus de peau sur mon dos. La veille, une longue télègue est venue nous chercher, tôt le matin, à la descente du tortillard qui nous a déposés, citadins pâles et éblouis, sur le quai d'une gare-joujou, éveillant l'écho des hautes vallées de son teuf-teuf d'opérette.

Pour me complaire, le vieux paysan qui mène le chariot m'a hissée sur le siège et confié les rênes en les nouant soigneusement autour de mes poignets. Nous cahotons sur la route, toute la famille suit à pied en un convoi ensoleillé, chacun rêvant cascades et fraises des bois. Les voitures sont rares. Il en vient une cependant à notre rencontre. La mule effrayée se cabre, fait brutalement volte-face, le lourd chariot se brise, et l'animal entraîne sur cinq cents mètres dans son galop de folie, avec les deux roues avant qui se

child, her body bouncing on the rough asphalt, her hands tangled in the reins, her head held up instinctively, and her mind still lucid despite the calamitous din, as she calls out methodically, "Help! Help!", all the while thinking that this is just like an adventure of Tintin in peril, with exclamatory sounds in a bubble above the hero's head.

A little later I come to in a dimly lighted room. The woman whose cottage we are renting is an old lush, tearfully pious, and has set up a makeshift altar on the mantle, with flowers, candles, and statues. I can't sleep because I hurt and my fever is rising. At least I won't get tetanus; the doctor from the town nearby has given me a shot. My back is raw, it feels as if it's bristling with needles.

Night falls. Shadows slip into the room. First Madeleine, who can make me laugh despite the pain. Her touch is gentle and soothing. What she has picked to read to me holds my attention for awhile--it's funny, light, and fast-paced. I feel a faint surge of vitality as I listen to her. Then my brother comes in, very protective and sure of himself. He sits on the side of my bed and

sont détachées du reste, une enfant dont le corps rebondit sur l'asphalte abîmé, les mains entortillées dans les rênes, la tête soulevée d'instinct, remplie d'un fracas affolant, néanmoins lucide, car elle crie "au secours" avec application en songeant que ça ressemble à une image de Tintin, héros en péril avec bulle remplie de sons exclamatifs.

Je me retrouve, un peu plus tard, dans la pénombre d'une chambre ; notre logeuse, vieille ivrogne à la piété larmoyante, a installé un autel sur le manteau de la cheminée, avec fleurs, cierges et statuettes. Je ne peux pas dormir parce que j'ai mal et que la fièvre monte. Je n'aurai pas le tétanos : le médecin de la ville voisine m'a fait la piqûre nécessaire. La chair est à vif, il me semble être percée de mille aiguilles.

La nuit tombe. Entrent des ombres. Celle de Madeleine qui sait me faire rire malgré la douleur, elle me calme et me soigne avec délicatesse. Ce qu'elle a choisi de me lire mobilise un moment mon attention : c'est drôle, léger et rapide, j'ai au fond de moi une petite vague de vitalité qui se gonfle à l'entendre. Mon frère survient ensuite, protecteur et sûr de lui. Assis au

entertains me by drawing a minutely detailed picture that he interprets in a learned language.

The door is left partially open. The landlady pokes her head in to see if fresh candles are needed. Her blue eyes protrude from a red, bloated face. A gray–flowered scarf is knotted under her chin. After a quick look around, she crosses herself and disappears.

Later my great–uncle the bishop comes in in slow motion, almost floating. His name is Stanislas, but we call him Tonton Boubi. Every year he comes to the mountains with us for a few days. The villagers have made him an honorary citizen. He wears a scarlet skullcap on his smooth, round head; the dozens of buttons down the front of his black cassock fascinate me. He comes quietly over to my bed and lays down a big book, a collection of comics published by a very Catholic press. He sits in a chair beside the bed and talks to me in a low voice. With mock solemnity he delivers a droll little sermon: "My friends, think of the cobbler who mends worn shoes and saves their soles. May we mend weary lives and save their souls, with God's help, amen." I try to laugh to please him, but I don't really listen

bord du lit, il me fait, pour me consoler, un dessin très soigné, avec mille détails amusants qu'il me commente en un langage savant.

Par l'entrebâillement de la porte, notre logeuse passe une tête rouge et boursouflée, serrée dans un foulard à fleurs grises. De ses yeux bleus globuleux, elle regarde un instant s'il faut de nouveaux cierges, et se retire aussitôt en esquissant un signe de croix.

Plus tard entre lentement, presque en flottant, mon grand-oncle l'évêque. Il se nomme Stanislas, mais nous l'appelons Tonton Boubi. Chaque année, il passe quelques jours avec nous dans ce chalet de montagne. Les villageois l'ont nommé citoyen d'honneur. Sa tête ronde, toute bonne, coiffée d'une calotte écarlate, émerge d'une soutane noire dont les innombrables boutons me fascinent. Il entre, plein de douceur, et pose sur mon lit un grand album de bandes dessinées édité par une presse très catholique. Il s'assied dans un fauteuil à côté du lit et me parle à mi-voix. Sur un ton solennel, il me fait un sermon drolatique : "Mes frères, il y a deux sortes de soupes, la soupe grasse et la soupe maigre. C'est la grâce que je vous souhaite, amen". Je ris un peu pour lui faire

to him. I just like to watch him. He impresses me, he looks like a character out of an old painting.

It feels well into night when Elie's turn comes. He stands at the foot of the bed, a gently quizzical look in his eyes. He has brought a book, *Gösta Berling*. He reads me a few chapters. The spell is cast. I fall asleep to the rhythms of the horsemen of Ekebu. Gösta Berling will forever have Elie's voice.

One radiant morning, after a month had passed, I went out into the meadow beside the house. The grass was above my head. Giddy with daylight and the smells of outdoors, I filled my lungs with great gasps of ecstasy that I've never forgotten. Although my back was still painful and my right ankle too weak to bear the weight of my body, I shouted victory at the morning sun, as my dark new companion faded into the distance.

plaisir, mais je ne l'écoute pas vraiment, ce que j'aime, c'est le regarder, il m'impressionne, il ressemble à un personnage de tableau ancien.

Il me semble que la nuit est bien avancée quand Elie pénètre à son tour dans la chambre. Debout au pied de mon lit, il a une interrogation tendre dans les yeux. Il tient à la main un livre, *Gösta Berling*. Il va m'en lire quelques chapitres. Le charme est opérant, je m'endors en donnant la main aux cavaliers d'Ekebü. Gösta Berling a pour toujours la voix d'Elie.

Au bout d'un mois, par un matin resplendissant, je suis sortie dans le pré attenant à la maison. L'herbe y était plus haute que moi. Ivre de lumière et d'odeurs, je me suis déployée intérieurement avec un violent plaisir que je n'ai jamais oublié. Le dos encore douloureux, et la cheville droite incapable de supporter la position verticale du corps, j'ai savouré ma victoire face au soleil du matin, tandis que s'éloignait au fond du pré ma nouvelle et sombre amie.

Dark Companion

Years later, the scene is a Greek restaurant on the rue Danton. That time, when the veil parted on the familiar shadow, I saw fear, formless, terrifying, unannounced.

I'm wearing a very blue dress. My hair is neatly in place. A young Berliner is flirting with me. His patter is as light and balmy as the spring day. The air is rosy and so is life, or so it seems. I'm proud of my brand–new diploma from the School of Oriental Languages just around the corner. I've learned Russian because I wanted to sing in that language. I liked studying in the school library, at the long dusty tables where my neighbor to the right worked on Sanskrit and the one opposite me, on Urdu. Not very attentively, I listen to my casual suitor's serenade: Paris is beautiful, I'm wonderful, everything is thrilling, the evening is brimming with promise. Life is a dream. Over appetizers I took pleasure in regaling this handsome Aryan with stories of my Jewish family.

At the end of the meal, without warning, while we were sipping coffee from delicate white cups, a pall fell over everything. The bells of a mythic

Cette ombre familière

Bien des années plus tard, c'est à la terrasse d'un restaurant grec, rue Danton, que l'ombre familière a légèrement écarté son voile. J'y ai vu une peur sans visage, terrifiante, inattendue.

Robe très bleue et cheveux sages, je me laisse faire la cour par un jeune Berlinois, une cour légère et brillante comme cette journée de printemps. L'air est bouclé, la vie semble bien l'être aussi. L'Ecole des Langues Orientales, à deux pas de là, vient de me délivrer un diplôme qui ne pèse guère, mais qui me ravit. J'ai appris le russe parce que j'avais envie de chanter dans cette langue. J'ai aimé les heures passées à la Bibliothèque de l'Ecole où mon voisin de droite, à l'une des longues tables poussiéreuses, étudiait le sanscrit, et l'autre, face à moi, l'ourdou. J'écoute d'une oreille peu attentive mon donneur de sérénade qui se délecte : Paris est beau, la jeune fille est plaisante, tout pétille et tout brille. La vie est un rêve. J'ai pris plaisir, au hors-d'oeuvre, à raconter ma famille juive à ce bel Aryen.

C'est au moment du café, goûté par petites gorgées dans une fine tasse blanche, qu'est survenue, sans signe annonciateur, une lame de fond qui a tout recouvert. Une ville d'Ys a

city went on ringing inside me, unheeded. All meaning drained away in an instant. An enormous weight sinks to depths I've never imagined, dragging the dream life down with it, and hope, and everything good. Color and sparkle die away. Only my heart keeps beating a muffled beat.

I get up abruptly, stammer an inaudible excuse to my startled escort, and go back to my tiny attic room.

I spend several days lying in bed with my face turned to the wall. I have no idea what is happening to me. The fall goes on. I feel nothing but pain and mortal danger. The echo from this narrow room repeats to infinity: mortal, mortal, mortal.

I have closed my eyes and am scarcely breathing. The weight is on me, inside me, knotting my throat and paralyzing my lungs.

Much later, incredulous at having survived, I get up. I'm unsteady on my feet. The burden of my knowledge is like a call. The inner city has been

continué de faire sonner ses cloches inutiles dans les bas-fonds. Tout a perdu son sens en un instant. Un poids énorme descend jusqu'à des profondeurs jamais envisagées, entraînant vers l'abîme la vie rêvée, l'espoir, et la bonté des êtres. Les couleurs et les bulles meurent ensemble. Il reste les coups sourds du coeur qui bat, qui continue de battre.

Je me lève brusquement, avec une excuse inaudible pour mon compagnon étonné, et retourne vers ma petite chambre de bonne, au sixième étage, sous les toits.

Je vais vivre quelques jours étendue sur mon lit, le visage tourné vers le mur, dans une absolue incompréhension de ce qui se passe en moi. La chute continue. La détresse est totale, et le danger mortel. L'écho de cette toute petite chambre répète à l'infini : mortel, mortel, mortel.

J'ai fermé les yeux, je respire à peine. Ce poids sur moi, en moi, me noue la gorge et paralyse mes poumons.

Beaucoup plus tard, survivante incrédule, je me lèverai avec des tremblements. Ce fardeau ressemble à un appel. La cité intérieure est

swallowed up. I'll have to build another one. The task will be long.

For awhile I have no choice but to stay in the underwater ruins and breathe the thin air. Eventually I'll come up to the surface, cautiously at first. I'll become myself again, as others see me, but I understand the weight of things, and always I hear the muffled beating of another heart, a buried heart I'm sometimes dangerously drawn to.

Death took another form on the rue Danton. That time, it did more than brush against me. It wounded me and then let me go.

One day, I'll suddenly find myself on the threshold. Will there be light? Shadow? We know nothing of the end that in our anguish we want to see as the beginning of another life. With my children, whose strength has to come from me, I'm all calm assurance on the subject. For their sake I can defend the sublime, irrefutable simplicity of the notion of eternal life. Yet I know perfectly well that I know nothing of the sort. Have I reconciled the anguish of the last

engloutie, il faut en reconstruire une autre. La tâche sera longue.

D'abord, je ne puis que résider dans cette cité sous-marine pétrifiée où je respire un air rare. Puis, j'élirai timidement domicile ailleurs, à la surface des eaux. Je brillerai à nouveau aux yeux des gens, mais j'ai compris le poids des choses, et, toujours, j'entends le sourd battement d'un autre coeur, un coeur enfoui auquel parfois je prête dangereusement l'oreille.

Ce fut une mort d'un autre type. Cette fois-là, elle a fait plus que m'effleurer, elle m'a blessée, puis laissé aller.

Un jour, je me trouverai brusquement sur le seuil. Lumière ? Ombre ? Nous ne savons rien de cette fin que nous nous appliquons à considérer, dans notre angoisse, comme le début d'une autre vie. Face à mes enfants qui doivent puiser en moi leur force, je montre beaucoup de sérénité à cet égard, et trouve une grandiose et évidente simplicité à la notion de vie éternelle. Je sais bien, cependant, que je ne sais rien. Comment concilier cette angoisse du dernier battement qui,

heartbeat—that may come at any moment—with the stubborn conviction that every act of goodness or love, all beauty and intelligence contain a seed of eternity?

Will I be ready to cross the threshold if in my final hour I listen to Radu Lupu playing Schubert?

I don't want to die slumped over the wheel of my car, caught in traffic at an intersection, with people peering in through the windows. No, I want to know I'm dying, I want to feel a hand on my forehead and reach out with my whole being toward absolute Love, and then surrender.

Looking back, I wonder if my habit of suddenly stepping aside, slowing down to a standstill, hasn't been a conjurer's trick to hold off the encounter, get the upper hand, divert attention, give death the slip—above all, to hear it coming.

peut-être, surviendra dans deux secondes, et l'intime conviction qu'un germe d'éternité existe dans tout geste de bonté, tout acte d'amour, toute beauté et toute intelligence ?

Franchirai-je le seuil d'un pas plus ferme si, au moment ultime, j'écoute Radu Lupu jouer Schubert ?

Je ne voudrais pas mourir dans ma voiture, arrêtée à un carrefour, la tête penchée sur le volant contre mes bras levés, avec des visages surgis derrière les vitres. Non, je voudrais savoir que je meurs, et, sentant se poser une main sur mon front, tendre de tout mon être vers l'Amour absolu, et puis m'abandonner.

Sans doute, ces brusques temps d'arrêt que je pratique par moments, cette mise en suspens, ce ralentissement de tout l'être, ne sont-ils qu'une conjuration de la mort, une manière de jouer à plus fin qu'elle, de me faire oublier, d'obtenir un délai, plus que tout de l'entendre approcher.

Printed in the United States of America
by Aladdin Graphics
Charlotte, North Carolina
April 11, 1995